Le Roi au cœur de glace

Collection La légende des mondes
Collection créée par Maguy Albet
et dirigée par Isabelle Cadoré, Denis Rolland et Joëlle Chassin

Des contes et légendes traditionnels ou contemporains pour rêver, voyager et découvrir d'autres cultures...

Dernières parutions

Maurice Bourgue, *La Malédiction d'Estérelle*, 2022.
Nicole Tersis, *Le hérisson et ses enfants. Kuunu nda ngay izay. Contes du Niger*, bilingue français-zarma, 2021.
Gérard Meyer, *Paroles tissées. Sénégal et Guinée*, 2021.
Claude Bournieuf, *L'or du Cher. Contes rêvés de Vierzon*, 2021.
Ch'aska Eugenia Anka Ninawaman, *Les murmures de Ch'askascha. Contes (français, quechua, espagnol)*, 2021.
Delphine Baya, *Contes des peuples du Kouilou*, 2021.
Gérard Meyer, *Quand les animaux parlent. Contes d'Afrique de l'Ouest*, 2020.
Constantin Kaïtéris, *Tadeletch la rusée. Conte d'Ethiopie*, 2020.
Lukaya Zu, *Contes Nsundi de ma grand-mère*, 2020.
Lukaya Zu, *L'enfant panthère. Contes nsundi*, 2020.
Missoule Arestor, *Contes rêvés de Guyane*, 2020.
Ch'aska Eugenia Anka Ninawaman, *Contes quechuas. Oiseaux amoureux et séducteurs*, 2019.
Lamia Baeshen, *Abou El Leif, la fille de l'ogre. Contes populaires d'Arabie saoudite*, 2019.
Claudy Leonardi, *Le prince Dragos. Contes au fil du Danube*, 2019.
Claudy Leonardi, *Le songe du roi. Contes de la grande steppe*, 2019.
Denis Ramseyer, *Le serpent et l'enfant gâté. Contes kouya de Côte d'Ivoire*, 2019.
Nicole Tersis, *Pikkivagitsaannaaq, la fugitive. Contes inuit du Groenland oriental*, 2019.
Estelle Yven, *Les chamans jaguars. Récit inspiré par les mythes et les symboles amérindiens*, 2019.

Sébastien Altounian

Le Roi au cœur de glace

Contes inédits

L'Harmattan

5-7, rue de l'Ecole-Polytechnique, 75005 Paris
http://www.editions-harmattan.fr
ISBN : 978-2-343-25617-7
EAN : 9782343256177

À mes relecteurs

Clara et les trois forêts

À Jade

Le Vieillard

Il était une fois, dans un petit village situé non loin de la forêt, un brave berger et sa femme, gens simples et aimés du voisinage. À leur bonheur ne manquait que celui d'avoir un enfant – mais de ce bonheur, chaque jour qui passait les éloignait davantage. La brave bergère avait beau s'en lamenter, son époux tendrement la consoler, le temps faisait néanmoins son ouvrage... Ou du moins il le fit jusqu'à certain soir de printemps, lorsque débute notre histoire.

C'était un soir d'orage, à l'heure où l'on souffle les chandelles. Soudain l'on frappa à la porte. Trois coups sourds au son desquels – était-ce un enchantement ? – un instant la pluie cessa. Le berger hésita. Qui pouvait venir à cette heure ?

De nouveau, trois coups retentirent à la porte ; et de nouveau la pluie se tut. Alors le berger se résolut à ouvrir. Sur le seuil se tenait un homme de haute stature, enveloppé dans un long manteau noir. Son visage était si bien couvert d'ombre qu'on l'eût pris pour un spectre parmi les vapeurs blanches de la nuit. Il portait dans ses bras un nouveau-né fraîchement emmailloté.

– Braves gens, dit-il d'une voix caverneuse, voici le présent que le Ciel jusqu'alors vous avait refusé : une enfant, née de ce jour, et que j'ai recueillie dans les bois. Élevez-la avec amour et ne vous souciez du reste : jamais ni vous ni elle ne manquerez plus de rien. Cependant sachez bien ceci, que le jour même où elle atteindra ses vingt et un ans, je reviendrai frapper à votre porte. Alors il faudra vous résoudre à perdre l'enfant.

Ayant parlé de la sorte, l'inconnu leur confia le nourrisson en ajoutant simplement :

– Son nom est Clara.

Et tandis qu'il s'éloignait dans la nuit, étaient-ce les premières gouttes de l'averse déjà renaissante ou des larmes qui vinrent se briser en un petit clapotis sur le visage du nourrisson endormi ?

⁂

Bien des années passèrent durant lesquelles il fut fait ainsi que l'inconnu avait dit. Clara reçut de ses parents tout l'amour et tous les soins qu'ils eussent prodigués à leur propre enfant. Et quand la mauvaise fortune ou quelque maladie menaçaient, toujours on trouvait au pied de la porte une bourse pleine ou d'or ou de remèdes. Alors dans le jardin les oiseaux chantaient :

Dans le bois nous avons trouvé ce panier,
Le vieil homme de la forêt nous l'a donné.

Et, les entendant, Clara s'écriait :

– Chère mère, qui donc est ce vieil homme dans la forêt ?

– Chère enfant, répondait sa mère, nul ne le sait, car jamais en ces lieux il ne paraît.

Mais la fillette de reprendre :

– Cher père, comment le remercier pourtant ?

– Chère enfant, répondait son père, nous ne saurions : il demeure en la vaste forêt où nul ne peut aller, car c'est là le royaume des fées.

Ainsi donc passèrent les ans, et ainsi grandit l'enfant. Aimée de tous, louée pour sa douceur et bientôt admirée pour sa beauté, Clara avait tout pour être heureuse. Cependant, pas un jour ne s'écoulait sans qu'un soupir mélancolique ne se mêlât à ses rires. Son regard se voilait de nostalgie, et lui venait à l'esprit comme une réminiscence, le regret vague d'une chose perdue, que pourtant elle n'avait jamais connue. Alors dans le jardin les oiseaux chantaient :

Pauvre enfant, ton bonheur n'est pas de cette vie,
C'est le vieil homme de la forêt qui le dit.

Parfois même il arrivait que le fils du seigneur des environs traversât le village. Jamais il ne manquait, au milieu des habitants lui faisant fête, de chercher Clara du regard, tant il est vrai que ses beaux yeux avaient porté sa réputation loin à la ronde. Mais elle, toute à sa rêverie, toujours se dérobait, si bien que le cortège passait sans que le jeune homme ne l'eût aperçue. Alors ses amies se pressaient autour d'elle, les unes s'écriant :

– As-tu vu comme il te regardait ?

Les autres :

– Ah ! n'es-tu pas la plus heureuse d'entre nous ?

Mais Clara les remerciait d'un sourire pâle et disait en elle-même : « Est-ce donc là tout le bonheur du monde ? »

Ainsi la vie suivait-elle son cours, lorsque vint pour Clara le jour de son vingt-et-unième anniversaire. C'était l'heure à laquelle on souffle les chandelles... Soudain, trois coups se firent entendre à la porte. Trois coups sourds au son desquels – était-ce un enchantement ? – le tonnerre au loin se mit à gronder. Le berger regarda son épouse : qui donc pouvait venir à cette heure ?

De nouveau l'on frappa à la porte, de nouveau le tonnerre gronda. L'homme dit :

– Ce sera quelque voyageur égaré dans la nuit.

Mais sa femme répondit :

– Attends ! Songe un peu... Si c'était lui ?

Clara cependant, intriguée par tant de mystères, s'était approchée doucement de la porte. Elle hésita un instant elle aussi, mais la curiosité l'emporta, et elle ouvrit. Sur le seuil se tenait un grand vieillard, le port altier, la mine austère. Il était enveloppé dans un long manteau noir... Il ne dit que ces mots :

– Le jour est venu.

Puis il tendit à Clara un précieux coffret de bois vernis, et aussitôt il disparut, ne laissant derrière lui que l'étrange impression de sa visite.

⁂

Cette nuit-là, Clara ne trouva pas le sommeil. Le souvenir du vieillard la hantait, et sans cesse ses paroles lui revenaient à l'esprit : « Le jour est venu », avait-il dit... Dans son trouble, elle se leva, se rendit dans la salle commune et vit là le coffret posé dans l'obscurité. Chose étrange : il était gravé sur le bois ces deux mots : « Pour Clara ». Ce que voyant, la jeune fille hésita un instant, mais une nouvelle fois sa curiosité l'emporta, et elle ouvrit le coffret. Voici ce qu'elle y trouva : un élégant collier, fait d'un ruban de soie noire auquel était attachée une perle immaculée... Et cette perle, ô merveille ! brillait d'un éclat intense et répandait dans la pièce une lumière aussi pure que le jour. Clara resta là, fascinée par cette lueur pendant de longues heures, jusqu'à ce que les premiers rayons du soleil parussent dans le ciel.

Le matin venu, elle interrogea ses parents sur le mystérieux vieillard au collier : était-ce donc lui, le vieil homme de la forêt ? et d'où venait qu'ils semblaient le connaître ? Mais ses questions ne rencontrèrent que silence et réponses détournées. Alors, munie seulement de l'écrin qui renfermait son collier, elle s'en fut flâner à travers la campagne, au gré de sa rêverie. Elle marcha si longtemps, absorbée dans ses pensées, que ses pas la menèrent à l'orée de la forêt où jamais nul ne s'aventurait, car c'était, disait-on, le pays des fées.

Là commençait un autre monde, protégé par le haut rideau des arbres qui balançaient mollement leur cime dans le vent. Clara n'osait poursuivre... Cependant il lui sembla entendre non loin de là le chant familier des oiseaux :

Pauvre enfant, ton bonheur n'est pas de cette vie,
C'est le vieil homme de la forêt qui le dit.

Et d'où venait leur voix, elle crut distinguer une trouée qui s'enfonçait dans les bois. Là dans la clairière était une humble maisonnette à toit de chaume. Qui pouvait vivre là, si loin de tout ?

Malgré sa curiosité, la jeune fille sentait croître en elle un vague sentiment d'inquiétude, si bien qu'arrivée sur le seuil de la chaumière, elle demeura quelques instants sans pouvoir se résoudre à frapper. C'est alors que la porte s'ouvrit, d'elle-même, d'un coup. Dans l'embrasure se tenait le vieillard au long manteau noir...

⁂

– Entre, Clara. Je t'attendais.

Ces paroles furent prononcées d'une voix si impérieuse et si amène à la fois, que Clara obéit. À la vue de l'intérieur sombre, si simple, dans lequel une unique fenêtre répandait une mince traînée de lumière, elle sentit son appréhension se changer en une émotion douce qu'elle ne parvenait à s'expliquer. Ainsi déambula-t-elle lentement dans la pièce, tandis que le vieillard la couvait d'un regard satisfait.

– Comme la vie doit être paisible ici, murmura-t-elle.

Le vieux sourit, mais Clara ne vit pas combien ce sourire était triste. Enfin elle s'approcha d'une cheminée où quelques braises achevaient de s'éteindre, et sur laquelle un vieux miroir était posé. Comme mue par un charme, elle sortit de son écrin le collier à la perle, et le passa à son cou. Elle fut longtemps de la sorte à contempler dans son reflet la petite lueur, éclatante et radieuse.

Puis, se retournant vers le vieillard :

– Bon vieil homme, implora-t-elle, dites-moi, je vous prie, qui vous êtes et d'où vient ce collier.

– Qui je suis, répondit le vieux, n'a guère d'importance. Quant à ce collier, voilà bien des années qu'il t'appartient. Aussi n'était-il que temps pour moi de te le rendre.

Mais pareille réponse n'était pas faite pour assouvir la curiosité de Clara.

– Comment cela est-il possible ? reprit-elle. Car enfin, voyez cet éclat : nulle perle au monde ne brille de la sorte...

– Aussi n'est-ce pas une perle ordinaire, et n'en existe-t-il de semblable à travers le monde.

– Comment donc peut-elle appartenir à une pauvre bergère comme moi ?

Il y eut un moment de silence. Puis le vieillard dit d'un air grave :

– Veux-tu vraiment le savoir ?

– Je le veux, murmura la jeune fille...

Le vieil homme à ces mots ferma les yeux et pendant un long moment qui parut à Clara une éternité, il sembla absorbé dans une profonde rêverie. Quand enfin ses paupières se rouvrirent, il regarda la jeune fille au fond de l'âme et parla ainsi :

– Il était une fois une fée, la plus belle et la plus charmante de tout le royaume des fées. Sa beauté, son esprit et sa bonté faisaient l'admiration de tous. Hélas ! ils firent aussi la jalousie du plus noir des sorciers, Moïre, dont le spectre aux mille visages hante depuis des siècles le lac de Glace, par-delà les trois forêts. Le cœur empli de haine, Moïre avait juré la perte de la belle fée. Il l'attira sournoisement en son royaume et, par un de ses maléfices, lui ôta tous ses pouvoirs, la rejetant hors du séjour des fées pour qu'elle renaisse et vive désormais loin des siens, parmi les hommes. Voilà les faits qui se produisirent il y a de cela vingt et un ans... Je trouvai la fée redevenue nourrisson, abandonnée dans les bois. Mais voici ce que je vis encore, qui gisait à son côté : à peine une lueur, un point de lumière qui brillait dans la nuit – le désir en toi de revenir à ton ancienne vie... Car c'est au jour où Moïre te frappa de son sort que remontent ta tristesse et ta mélancolie : tout en toi se rappelle et aspire à ton existence d'autrefois, parmi les fées. Tu n'es pas faite, Clara, pour la compagnie des hommes.

Le récit achevé, Clara resta immobile de longues minutes. Touchée par les paroles du vieil homme, elle ressentait la véracité de cette histoire, pourtant si extraordinaire, jusqu'au plus profond de son être. Cependant ce fut d'une voix faible, et bien mal assurée, qu'elle demanda :

– Que faut-il donc faire ?

À quoi le vieillard répondit :

– Il n'est de bonheur pour toi qu'en revenant parmi les tiens. Il te faudra traverser la forêt Verte, peuplée de mirages, la forêt Noire, sa solitude et ses dangers, enfin la forêt Blanche aux chemins enneigés. Alors tu paraîtras devant celui qui, seul, a le pouvoir de te rendre à toi-même et de briser le charme du sorcier. Le voyage sera long et périlleux, mais n'aie crainte, tant que tu sauras garder courage : car tu es fée, et les fées sont douées du pouvoir d'enchanter le monde.

Lorsque la jeune fille entendit ces mots, ce fut comme un abîme qui s'ouvrait devant elle : partir ! quitter le village, et ses parents...

Le vieil homme, voyant quel déchirement elle éprouvait, reprit de sa voix pénétrante – et montrant la perle du collier :

– Vois, dit-il, comme elle brille. Sens le désir qui t'anime... Ne l'écouteras-tu pas ?

Ah ! de quel étrange écho ses paroles résonnaient-elles dans l'âme de Clara... Elle avait beau résister, tenter en silence de se raisonner, l'appel était trop fort qui l'entraînait sur les chemins de l'aventure. Alors, malgré l'incertitude et la peur, malgré le chagrin qui l'étreignait, elle se résolut à partir...

Le vieillard lui offrit le bras, la conduisit jusque sur le seuil de sa demeure. Là, Clara débuta son voyage ; et tandis qu'elle s'enfonçait sous les frondaisons humides de la forêt Verte, il lui sembla confusément entendre au loin le chant de l'oiseau :

Me diras-tu, bergère, quelle est cette lueur ?
Quel est donc ce désir qui anime ton cœur ?

La Forêt Verte

Dans la forêt majestueuse, le ciel invariablement gris répandait une lumière douce et brillante. Partout on entendait le tintement de la dernière ondée se répandre en un écho confus de gouttelettes et de chuintements. Clara marcha de longues heures sans rencontrer d'autre signe de vie que les froissements de buissons abandonnés à son approche par quelque animal apeuré. Elle finit néanmoins par croiser un blaireau. Celui-ci ne parut pas le moins du monde effrayé de sa présence ; au contraire, il la dévisagea d'un regard curieux et s'adressa à elle en ces termes :

– Voilà bien longtemps que je n'avais vu fée dans nos bois !

– Pourquoi dis-tu cela ? s'étonna Clara.

– N'es-tu pas fée ? répondit le blaireau en riant.

Ce qu'ayant dit, il s'en retourna renifler la terre frénétiquement comme le font les blaireaux. Clara poursuivit son chemin à travers les bois paisibles durant de longues heures, sans rencontrer âme qui vive. Elle finit cependant par croiser un écureuil. En la voyant approcher celui-ci lui dit :

– Voilà bien longtemps que je n'avais vu fée dans nos bois !

– Pourquoi dis-tu cela ? s'étonna Clara.

– Mais car nulle fée n'y peut vivre, repartit l'écureuil, surpris d'une telle question.

Ayant ainsi parlé, l'écureuil se saisit d'un gland et remonta dans son arbre en couinant.

De nouveau, Clara reprit son chemin, et de nouveau elle marcha de longues heures sans rencontrer ni homme ni bête. Enfin, alors que la lassitude commençait à la gagner, elle finit par croiser un vieux hibou grincheux qui somnolait sur une branche.

À son approche, le volatile se réveilla en grognant. La vue de Clara sembla le radoucir et il s'adressa ainsi à elle :

– Que fais-tu donc dans nos bois, jolie fée ?

– Je ne fais que les traverser, car je dois me rendre dans la forêt Noire, repartit Clara.

– Ha ! grinça l'oiseau d'un ton sarcastique, tu n'es pas la première à me le dire ; mais de toutes les fées qui s'aventurent ici, bien peu nombreuses sont celles qui n'y restent ; car notre forêt est douce et accueillante, et peuplée d'esprits charmeurs dont la compagnie plaît aux fées. Aussi prends garde, les fées qui désormais vivent parmi nous ne sont plus fées depuis longtemps.

Ayant ainsi parlé, le hibou se rendormit, laissant Clara méditer ses énigmatiques paroles. C'est alors que la jeune fille entendit derrière elle le pas cadencé d'un cheval. Sur ce dernier était monté le fils du seigneur du village, que tant de fois elle avait aperçu sur son passage. Il tenait par la bride une autre monture, celle-là d'une robe immaculée, dont il lui tendit les rênes en disant :

– Belle amie, que faites-vous donc si loin du village ? Montez, et, si le cœur vous en dit, promenons-nous dans ces bois.

Clara considéra le jeune homme, qui présentait un aspect évanescent : tout en lui semblait d'agréable composition, quoique sans relief. Ainsi de sa beauté lisse et de la cour polie qu'il faisait à la jeune fille. Celle-ci, pas plus séduite que naguère mais soulagée de croiser un visage connu dans les bois déserts, accepta l'invitation et s'en fut chevaucher avec lui. Leur promenade fut d'un plaisir monotone auquel elle se laissa si bien aller qu'elle en aurait presque oublié sa quête, et c'est à peine si elle entendait le chant des oiseaux qui résonnait au loin :

Souviens-toi, jolie fée, du vieux hibou râleur
Et n'aie garde de suivre les esprits charmeurs !

Ainsi s'écoulèrent de nombreux jours, au cours desquels les deux jeunes gens arpentèrent la vaste forêt, toujours égale, et dont la douce lumière et les paysages sans cesse recommencés les berçaient d'une torpeur languide. Ils parvinrent néanmoins, après bien des pas, à un carrefour sur lequel donnait une allée claire et droite. Là-bas, au bout de la longue enfilade des arbres, semblaient se dessiner les contours vaporeux de tourelles et de murailles crénelées.

– Ma dame, dit alors le jeune homme, cette allée mène à mon palais. Vous plairait-il de m'y suivre ?

Clara acquiesça, et déjà elle se laissait entraîner lorsqu'elle aperçut un autre chemin, celui-là sombre et touffu ; mais par-delà ses fourrés hirsutes, perçait à peine un point, un pan de ciel tout irradié d'or.

– Seigneur, dit-elle, si vous n'y trouvez à redire, j'irai volontiers voir où mène ce sentier.

– N'en faites rien, je vous prie, répondit le beau cavalier : ce ne sont là que ronces et orties qui blesseraient vos chevilles délicates.

Ainsi tenta-t-il longuement de la dissuader, mais Clara ne voulut rien entendre. Quittant l'allée, elle s'engagea dans le taillis obscur ; et à mesure qu'elle s'y enfonçait, la voix de son compagnon resté en arrière allait se perdant dans le lointain. Se fût-elle retournée, elle eût aperçu le jeune homme se fondre progressivement en une nuée blafarde qui, dansant un instant dans la brise, s'étiola bientôt en longs filaments blanchâtres. Ainsi disparut le beau cavalier, mais Clara ne le vit pas qui poursuivait résolument sa route.

Enfin elle déboucha sur un vaste étang dont les eaux, bien qu'elles fussent baignées de la chaude lumière du crépuscule, restaient d'un noir insondable. Sur la surface que nulle ride ne venait troubler, les feuilles d'or de l'automne flottaient comme les étoiles dans le ciel nocturne. Au milieu de l'étang se trouvait une petite île sur laquelle se dressaient de hauts cyprès, entourant une stèle de granit. Mais surtout, sur la rive opposée, par-delà l'îlot, se dessinait un paysage lugubre : là, soudainement, le ciel se faisait sombre et menaçant, et la forêt n'était qu'un entrelacs d'arbres morts au-dessus duquel volaient des nuées de corbeaux. Cela ressemblait à l'orée d'un autre monde, sinistre, hostile. Là commençait la forêt Noire.

Or, Clara remarqua, à ses pieds, une vieille barque vermoulue. Elle s'y installa et vit bientôt les eaux sombres défiler lentement sous elle comme le décor immobile de quelque peinture. Puis, débarquant sur l'îlot, elle s'avança vers la stèle et y lut l'inscription suivante :

Ici se dresse le cimetière des fées,
Ici reposent celles qui n'ont traversé.

Ah ! comme l'atmosphère était pesante autour de cet étang, et combien différente de la paisible forêt Verte... Pourtant, c'était du côté de la forêt Noire, de ses bois morts et de ses corbeaux que Clara devait se rendre ; et lorsqu'elle regarda en cette direction, sa perle se mit à briller plus intensément. Alors, malgré sa peur, elle lança la petite barque vers le sombre rivage. Durant la traversée, elle fut frappée de la présence, dans les eaux glauques, d'une myriade de particules luminescentes : c'était le bonheur abandonné de toutes les fées qui n'avaient osé traverser. Ainsi demeuraient-elles à jamais dans la forêt Verte, parmi les animaux et les hommes dont elles étaient devenues les semblables.

La lueur de Clara brillait, quant à elle, d'un feu toujours plus ardent à mesure qu'elle s'approchait des ténèbres.

La Forêt Noire

L'étang était loin derrière elle désormais, et chaque pas enfonçait un peu plus Clara dans la pénombre. Pauvre enfant ! Seule sa lueur la soutenait et l'éclairait dans la forêt désolée. Les arbres morts formaient de leurs branches dépouillées une dentelle crochue dans laquelle on ne distinguait nul autre signe de vie que le croassement lugubre des corbeaux. Plus Clara s'enfonçait dans la forêt Noire, plus le jour baissait. Elle fut ainsi seule si longtemps qu'elle perdit la notion du temps. Étaient-ces des heures, étaient-ces des jours ? Était-ce le soleil ou la lune qui répandait sa lueur blafarde à travers le ciel obscur ? Dans ce décor dépeuplé, le moindre bruissement la faisait sursauter. Pourtant, partout, toujours, la solitude...

Enfin elle parvint à un grand arbre aux feuilles noires, sous lequel – il lui en coûta de le croire – était assise une dame altière et belle, vêtue d'une longue robe couleur de nuit. Voyant Clara approcher, la dame lui adressa un sourire amène et lui demanda :

– Jolie fée, si jolie, que fais-tu donc en un lieu si hostile ?

– Belle dame, répondit Clara, s'il plaît à Dieu, je n'y fais que passer, car je dois me rendre dans la forêt Blanche.

À ces mots, l'inconnue sursauta.

– Comment, dit-elle, dans la forêt Blanche ! Mais sais-tu bien à quels dangers tu t'exposes ? Ne songe pas à jamais quitter la forêt Noire, car moi-même qui l'arpente depuis tant d'années, je n'en ai jamais vu la fin. Et dusses-tu y parvenir, hélas ! jolie fée, nos bois regorgent de bêtes féroces qui auront tôt fait de te dévorer. Crois-m'en donc et renonce à ce voyage fatal ; il est encore temps de revenir sur tes pas.

Ce discours, prononcé avec tant d'apparente sollicitude, ne laissa pas que d'inquiéter Clara. Déjà elle sentait son courage décliner face aux épreuves à venir, et la lueur de son collier pâlissait lentement. Ce que voyant, la dame s'approcha et reprit de sa voix la plus douce :

– Allons, belle enfant, qu'espères-tu trouver en cet endroit sinistre ? Où donc, hélas ! t'es-tu égarée ?

Et la petite fée, s'abandonnant à cette voix si suave, à ce regard envoûtant, sentit une main légère, parcourant sa peau comme une caresse, se porter à son cou et doucement y dénouer le ruban de son collier. Elle frissonna...

– Si jolie, disait la gracieuse dame de sa voix si douce, mais si loin de tout plaisir, de tout réconfort...

Lentement, le nœud se défit, le ruban coula le long de sa nuque... Clara poussa un petit cri.

Elle avait arraché de justesse le collier des mains qui s'apprêtaient à le saisir. Apeurée soudain, elle recula d'un pas et regarda anxieusement à la ronde. La nuit était bel et bien tombée désormais. Pourtant, dans la pénombre silencieuse, elle crut voir briller deux points blancs et farouches, puis deux autres encore, enfin une multitude... C'étaient les bêtes féroces de la forêt !

Toute à sa frayeur, Clara voulut se tourner vers la dame en noir, mais ce ne fut que pour la voir se fondre dans un halo de gazes diaphanes qui flottèrent un instant dans la nuit avant de s'étioler en longs filaments blafards. Devant Clara ébahie, la belle dame avait disparu ; et lentement, inexorablement, le cercle des yeux fauves se resserrait...

Brusquement, un rugissement se fit entendre. Saisie d'effroi, Clara prit la fuite, courant de toutes ses forces, s'écorchant la peau à travers les ronces. Elle n'entendait au milieu du tumulte que les hurlements de la horde déchaînée à ses trousses. Enfin elle parvint, exténuée, à un torrent impétueux dont les eaux gonflées grondaient dans la nuit. Que faire ? Voilà la meute qui approche...

N'écoutant que son courage, Clara se jeta dans le tourbillon glacé, qui aussitôt la souleva et l'emporta avec violence. Luttant de ses dernières forces, s'entendant à peine crier dans le vacarme, la pauvre enfant parvint à s'arracher aux flots furieux et à gagner le rivage opposé. De l'autre côté du torrent, les bêtes écumantes hurlaient de rage et d'impuissance, mais Clara ne les entendait plus : ses forces l'abandonnaient, elle tomba sur place, évanouie...

À peine eut-elle le temps de sentir sa perle se briser dans la chute et de voir sa lueur, vacillante, s'éloigner en flottant dans la nuit.

La Forêt Blanche

Ce ne furent d'abord que des voix.

– Comment va-t-elle, docteur ?

– Soyez sans crainte, mon ami, elle est hors de danger. Mais que de périls elle a dû braver !

– Ah ! pauvre enfant, et si jolie...

Puis se dessinèrent vaguement des contours flous. Enfin Clara acheva d'ouvrir les yeux et vit, penchée sur son lit, toute une ronde de visages inquiets. Comme elle tentait de se redresser, le médecin la retint avec douceur.

– Allons, allons, mademoiselle, point de mouvements brusques, je vous prie.

Clara voulut parler mais :

– Comment vous sentez-vous, mademoiselle ?

– Lasse, mais...

Elle ne put achever ; déjà la femme de chambre s'empressait autour d'elle et lui disait d'un ton maternel :

– Il vous faut du repos, mon enfant.

– Je...

– Oui, du repos ! ajouta le valet de chambre.

Ce fut le signal de la retraite. Et tandis que l'assemblée se dispersait, Clara put à peine murmurer :

– Où suis-je ?

– Dans le château de la forêt Blanche, mademoiselle, où vous pourrez vous reposer en toute quiétude, aussi longtemps qu'il vous plaira.

– Mais comment...

– Voilà ce que nous vous conterons tout à l'heure, chère enfant. En attendant, il vous faut du repos.

– Oui, du repos !

Toute la suite sortit.

⁂

Quelque temps plus tard Clara ouvrit à nouveau les yeux, mais cette fois-ci, tout était clair : autour d'elle, la jeune fille apercevait une vaste chambre, richement décorée et toute baignée de la lumière blanche de l'hiver.

La voyant éveillée, la camériste s'écria :

– À la bonne heure, mademoiselle ! Vous voilà revigorée, n'est-ce pas ?

– Je le crois, répondit Clara. Mais comment se fait-il...

– Que vous vous trouviez ici ?

La bonne femme prit un air contrit :

– Vous ne vous souvenez donc de rien ?

– Non, répondit Clara, de rien... du torrent... des bêtes et...

Portant brusquement la main à son cou :

– Mon collier ! s'exclama-t-elle.

– Hélas, mademoiselle, le collier est brisé, mais ce qu'il renfermait est ici.

Ce disant, la femme de chambre montra, posée sur la table de chevet, une lanterne dans laquelle brillait la lueur de Clara, plus éclatante que jamais.

– Nous aperçûmes cette lueur dans la nuit, poursuivit la caméristе, et vous, gisant à son côté. Seigneur ! Il était temps que l'on vous secourût, et nous avons eu grand peur de ne vous voir revenir à vous.

Clara, se rappelant à ce récit les périls qu'elle avait affrontés, frissonna et protesta de toute sa gratitude à la brave femme. Celle-ci l'arrêta d'un ton presque sévère.

– Allons donc, mon enfant, nous n'avons pas pour coutume d'abandonner les voyageurs dans nos bois, surtout lorsqu'ils prennent d'aussi ravissants traits que les vôtres. Ne nous remerciez donc pas, mais laissez-moi plutôt vous apprêter pour le déjeuner.

Ce qu'ayant dit, elle frappa dans ses mains. Aussitôt, une nuée de domestiques fit irruption dans la pièce et s'affaira sans tarder à la toilette de Clara.

– Voyez donc cette robe, disait la femme de chambre, elle vous va à ravir et en vérité, je jurerais qu'elle a été taillée tout exprès pour vous.

Enfin, parée avec une élégance qu'elle n'avait jamais connue, Clara fit son entrée dans la grande salle à manger où l'attendaient les gens de la maison. La jeune fille les rejoignit donc, non sans rougir quelque peu devant l'émerveillement qu'avait causé son arrivée. Puis elle s'adressa à l'assemblée.

– Amis, dit-elle, comment vous remercierai-je des soins que vous avez eus pour moi ?

Ce fut l'intendant du château qui lui répondit avec la même affabilité que tous manifestaient pour elle.

– Ne nous remerciez pas, mademoiselle, car nous n'avons rien fait que d'ordinaire, et votre présence nous récompense bien mieux que tous les mots ne sauraient le faire.

Suite à quoi, le repas fut servi et englouti dans la bonne humeur. Au milieu du service pourtant. Clara remarqua que la place d'honneur demeurait inoccupée. Elle s'en ouvrit à l'intendant, qui lui répondit d'un air triste :

– C'est la place du maître. Vous plairait-il de le voir ?

– Certainement, répondit-elle.

Alors le vieil homme la mena au salon et, désignant le portrait d'un beau cavalier :

– Voici notre maître bien-aimé, dit-il, le Prince de la forêt Blanche et seigneur du château.

– Ainsi, il ne viendra pas aujourd'hui ? demanda Clara.

– Hélas ! ni aujourd'hui ni avant fort longtemps, je le crains, car voilà de nombreuses années qu'il ne paraît plus en ces lieux.

Cela fut dit avec tant de nostalgie que Clara n'osa poser davantage de questions. Dans l'après-midi cependant, comme on se promenait dans le parc recouvert d'un épais manteau de neige, elle parla du prince à la brave femme de chambre. Celle-ci prit le même air de tristesse résignée que l'intendant.

– Ah ! Pauvre prince, soupira-t-elle, n'est-il pas le meilleur des maîtres ? Hélas ! qui sait quand nous le reverrons ? Car il y a bien des années de cela, sa bien-aimée lui fut enlevée ; il jura alors de parcourir le monde à sa recherche, et de ne revenir qu'il ne l'ait retrouvée. Pauvre maître, qui sait quand nous le reverrons ?

Le soir, on veilla autour du feu en se contant les histoires de la forêt : histoires de fées, de mages et de chevaliers ; et il en fut ainsi chacun des jours que Clara coula paisiblement au château. Puis vint le temps des Fêtes, où l'on décora les sapins enneigés d'une myriade de lampions argentés – et c'était dans les arbres comme un reflet du ciel étoilé.

Clara pourtant, contemplant la vaste forêt assoupie dans l'hiver, sentait sa quête l'appelant de nouveau sur la route. Alors, malgré le confort du château et l'attachement de ses gens, elle se résolut enfin à reprendre le cours de son voyage. La chambrière, le médecin, l'intendant, toute la maisonnée eut beau la conjurer de rester au palais, rien ne put la dissuader.

– Mes amis, dit-elle, c'est le cœur serré que je m'éloigne de vous. Fasse le Ciel que je puisse un jour vous payer du soin que vous avez eu de moi.

Ayant ainsi parlé, elle repartit, au désespoir de tous. Et, tandis qu'ils observaient, blottis sur le perron, sa silhouette menue se fondre au loin dans la forêt :

– Pauvre enfant, soupiraient-ils, quels périls l'attendent !

– Quel fol espoir la porte...

– La porte vers Moïre...

– Est-ce bien de l'espoir encore ?

Il y eut un silence, puis quelqu'un murmura :

– Croyez-vous ?

– Hélas ! son sort le dira.

La nuit était tombée, et avec elle la neige à gros flocons, comme une pluie lente et silencieuse. De sa lanterne, Clara s'éclairait entre les hauts sapins blancs. Bientôt elle atteignit une vaste étendue de glace. Aussi loin que portait le regard, rien. Seulement la phosphorescence bleutée du clair de lune. Là s'étendait le royaume de Moïre, immense et désolé.

Pas de bruit. Seul le sifflement du vent, cinglant, glacial. Au loin, une nuée blanchâtre semblait glisser sur le lac, tremblant au gré de la bise.

Peu à peu, la nuée s'approcha, poussée par la bourrasque... Elle se déchira lentement, et de ses brumes sortit un spectre livide. Ah ! comment rendre l'horreur que ressentit Clara ? Car ce n'était pas le spectre d'un homme, mais de mille, qui se tenait devant elle : à chaque instant son visage insaisissable se déformait pour prendre les traits d'un être nouveau, tantôt femme, tantôt homme...

Le spectre s'avança et parla dans un murmure – mais de ce murmure l'écho sinistre résonnait jusqu'à l'horizon :

– Pourquoi es-tu revenue, Clara ?

Et les visages, ah ! les visages, affreux et déformés, de se fondre et se succéder à l'infini... Et le vent de siffler, tandis que Moïre tournait et tournait encore autour de Clara, dans une ronde frénétique et inarrêtable. La nuée opaque se refermait sur elle, et dans le murmure devenu vacarme retentissait ce cri, hurlé sans cesse : « Pourquoi es-tu revenue ? ».

Enfin les vapeurs se dissipèrent, et dans la nuit de nouveau claire le sorcier reparut. S'approchant de Clara, il lui dit :

– Vois comme ta lueur vacille, sens comme tout espoir en toi s'évanouit... Ne l'écouteras-tu pas ?

Il était si proche désormais que la jeune femme, tremblante, sentait le souffle froid qu'exhalaient ses paroles.

– Pars... murmura-t-il. Pars... répéta l'écho.

– Pars ! reprit le sorcier avec véhémence.

Il leva la main, Clara poussa un cri. La lueur de sa lanterne fut soufflée, et ce fut la nuit. Noire. Brusque, insondable.

Prise de panique, Clara s'enfuit à toutes jambes vers la forêt. Elle ne voyait ni n'entendait plus rien, courait seulement, ne désirant qu'une chose : gagner le château Blanc et, là, s'abriter de la furie du sorcier. Enfin elle rallia le palais, franchit la grille d'honneur et, à bout de souffle, s'écria :

– À l'aide !

Nulle réponse.

Elle regarda autour d'elle, mais aux fenêtres, nulle lueur, aux arbres dans le jardin, les lumières éteintes. L'obscurité partout, et l'endroit désert. Où étaient-ils tous passés ? Seule dans le froid et la nuit, Clara se laissa choir sur un banc enneigé et se mit à pleurer. Elle fut longtemps de la sorte à se lamenter, promenant un regard plein de détresse sur le ballet muet des flocons dans le ciel.

– Hélas ! gémit-elle, personne ne me viendra donc en aide ?

Ce fut alors qu'une voix retentit derrière elle.

– Et qui le pourrait, dit la voix, sinon toi-même ?

Clara tressaillit. Qui donc avait parlé ?

Se retournant, elle aperçut le vieil homme de la forêt Verte qui se tenait là, l'air plus grave encore, lui sembla-t-il, qu'à l'accoutumée.

– Ah ! Bon vieil homme, répondit-elle, ne me blâmez point, je vous en prie. Vous l'auriez vu, ce sorcier, comme il est hideux et comme il effraie !

Puis, portant les yeux vers sa lanterne à la lueur évanouie :

– Mais qu'importe à présent, reprit-elle, ma flamme est éteinte, et tout espoir est perdu. Partout règne la nuit profonde...

Sa voix s'éteignit en un sanglot. Le vieillard à ces mots s'approcha, et redressant de la jeune fille le visage d'ange :

– Eh ! bien, dit-il, à quoi bon le feu que bourrasque emporte ? Le monde entier n'est qu'une nuit profonde... pour qui ne l'éclaire de sa volonté.

Clara cependant n'eut guère le temps de méditer ces paroles. À peine le vieil homme en effet les avait-il prononcées qu'elle sentit un frisson la parcourir : car regardant au loin, elle avait aperçu une nuée blafarde qui se répandait autour d'eux, glissant entre les arbres en silence... Et au sein de la nuée grandissante se dessinait l'ombre de Moïre, sinistre et menaçante.

La pauvre enfant voulut fuir... Le vieillard la retint d'un geste.

– Où donc irais-tu ? dit-il. Le monde entier est son domaine...

Il ne s'était pas plus tôt tu que les premiers filaments des brumes commencèrent de l'effleurer, sous le regard effrayé de la jeune fille.

– Hélas ! implora-t-elle, que pouvons-nous faire ?

– Eh bien, mon enfant, n'es-tu pas fée ? répondit le vieil homme. Et les fées sont douées du pouvoir d'enchanter le monde...

Sur ces mots, il laissa les vapeurs peu à peu l'envelopper puis, tendant à Clara une main, il recula d'un pas, et s'enfonça dans la nuée. Seulement, à mesure que s'effaçait son visage, la jeune fille crut voir – était-ce une illusion ? – que dansait dans son regard une flamme : deux lueurs semblables à celle qu'abritait son collier naguère... Et bientôt il n'émergea plus du vieillard, parmi les brumes, que cette main tendue et ces deux étincelles qui brillaient dans la nuit.

Il y eut alors un moment où le temps demeura suspendu... Ce ne fut qu'un instant, au cours duquel Clara, les paupières closes, se recueillit profondément, comme plongée en elle-même. Ce qu'elle y vit, qui saurait le dire ? Cependant, presque malgré elle, un sourire se dessina sur ses lèvres, et lorsque ses beaux yeux se rouvrirent, sa résolution était prise : elle avança d'un pas et pénétra dans la nuée.

De nouveau ce fut autour d'elle le silence, et partout l'horizon recouvert d'un immense linceul blanc. Elle fit quelques pas encore, en tâtonnant. Hélas ! où elle croyait trouver le vieillard dans la brume, ce fut l'ombre de Moïre qu'elle rencontra ; et sur la face blême du sorcier, elle vit avec angoisse ses propres traits se peindre, comme un reflet de son visage. Clara pourtant ne trembla pas, mais continua sa marche en avant...

La voilà bientôt si proche du mage que leurs deux visages paraissent réfléchis l'un dans l'autre à l'infini. Lui lève le bras. Elle poursuit son chemin, et passe à travers le spectre comme on traverse un voile, un mirage.

⁂

Le vent s'était levé, emportant avec lui les brumes et le sorcier. Au loin les voix se ravivaient, aux fenêtres du château les chandelles se rallumaient : tout l'endroit semblait reprendre vie... Mais Clara le remarquait à peine.

Car il brille à présent dans ses yeux la même étincelle que dans son collier naguère, et de son regard enflammé, elle contemple l'homme qui se tient devant elle.

Où donc est passé le vieillard ?

À sa place se dresse un beau chevalier : c'est le Prince du château Blanc vers qui, hésitante, elle veut s'avancer. Mais à peine a-t-elle posé les yeux sur lui qu'il se glisse un mince filet de gaze entre leurs deux visages... Elle tend la main. Les voiles dansent mollement autour du prince, l'enveloppent et peu à peu l'estompent... Bientôt il ne restera plus de lui, les brumes enfin dissipées, qu'un souvenir vague et incertain...

Clara pleure, le vent se lève une dernière fois et charrie du lointain ce murmure :

Contre le charme du sorcier
Ne vaut que celui d'une fée.

Le Roi au cœur de glace

Il y avait un paisible et lointain royaume dont le monarque, étant demeuré veuf, ne comptait qu'une fille pour toute descendance. Mais la princesse, qui avait pour nom Clémence, fit du vieux roi la consolation des longs jours, car elle était bonne et douce, et gaie toujours, comme savent l'être les enfants. En grandissant elle devint si belle que jamais plus belle ne s'était vue dans le royaume. Aussi fut-elle pour les jeunes gens de la cour l'objet de toutes les attentions, de toutes les convoitises. Leurs assauts devaient toutefois demeurer vains : Clémence avait l'âme trop ardente pour de si légers sentiments ; son cœur était forgé pour de plus grandes amours, de plus nobles prétendants. Or, qu'y avait-il alors de plus grand, de plus noble au monde que le roi Sagramor ?

Homme fait déjà, bien que jeune encore, Sagramor passait pour inspirer l'amour aux dames et la crainte à ses rivaux. Ses faits d'armes avaient élevé sa renommée par-delà celle de tout autre. Il était en un mot le chevalier le plus accompli qui fût sur la terre. Comment le farouche Sagramor connut-il la douce Clémence, voilà ce que le conte ne dit pas. Mais du jour où pour la première fois leurs regards se croisèrent, jamais plus leurs cœurs ne se quittèrent : ils s'aimèrent d'un amour fervent et se jurèrent une fidélité éternelle.

Cependant le vieux roi vint un jour trouver sa fille et lui tint ce discours :

– Ma fille, il te faut songer à te marier. Or, ci veut la coutume que fille de roi prenne époux parmi les barons du royaume.

À ces mots, la princesse fut saisie d'un grand désespoir. Elle tenta longuement de s'opposer à l'entêtement de son père, lui déclarant avec toute la fougue de son tempérament qu'elle ne voulait d'autre époux, fût-il roi ou baron, que le preux Sagramor. Mais le roi demeura insensible, et inflexible fut sa sentence :

– Fais, ma fille, comme je te l'ordonne, car ci veut la coutume en ce royaume, et roi qui l'enfreint doit être aussitôt déchu, et tenu pour infâme.

Malgré les élans de la passion, Clémence avait trop bon cœur pour vouer son père à pareil déshonneur. La mort dans l'âme, elle dut se résoudre à suivre ses volontés.

Or donc il advint que parut à la cour le vaillant Sagramor en grand équipage, et derrière lui un immense cortège : il y avait là parmi les meilleurs chevaliers de la terre. Sagramor s'avança et porta haut sa voix claire, pour demander au vieux roi la main de Clémence.

– Sois le bienvenu, valeureux Sagramor, répondit le roi, et demeure céans tant que voudras ; mais quant à ma fille, n'y compte pas. Notre loi est formelle : à nul étranger sa main n'échoira.

– Sire, repartit Sagramor, où voyez-vous un étranger ? Ne serai-je votre fils, quand Clémence sera ma femme ?

– Terrible Sagramor, j'en suis navré, mais la loi est formelle : c'est l'un de mes barons que la princesse épousera.

Grande fut la colère de Sagramor, lorsqu'il entendit ces mots.

– Moi vivant, il n'en sera rien, reprit-il. Clémence m'aime, elle sera mienne.

Ce fut la princesse alors qui s'avança. Chaque mot qu'elle prononça lui fut un supplice. Pourtant, tremblante, elle se déchira l'âme en disant :

– Seigneur, mon cœur est à toi... mais ma main ne m'appartient pas.

Voilà le chevalier que tant redoutait le monde, le voilà frappé plus durement qu'il ne l'a jamais été. Clémence l'aime, et le refuse ! Sa fureur, à cette idée, ne connaît plus de limite.

– S'il en est ainsi, clame-t-il, je saurai prendre ce qu'à mauvais droit l'on me dénie. Sires barons, apprêtez-vous : je ferai si bien qu'avant vêpres demain, pas un de vous ne restera pour s'opposer à mes desseins.

Il a tiré son épée et défié les barons. Entre eux désormais le combat est inévitable. La nuit seule les en sépare.

Le lendemain en effet, dès le petit matin l'on vit Sagramor à la tête de ses armées, face à l'ost du roi et des barons. Sans attendre, le farouche chevalier engagea la bataille. Nul à la vérité n'y fut aussi vaillant que lui, nul n'égala ses prouesses. On raconte qu'il fit un si grand massacre en ce jour que de son épée comme d'une fontaine jaillissait un flot de sang. Quand enfin il courut sus aux barons, il n'en fut pas un parmi eux pour lui résister : l'un après l'autre il les extermina sans pitié. Devant le dernier cependant sa fureur s'arrêta : il allait abattre sur lui son épée sanglante lorsqu'il vit, sous son heaume, le visage d'un enfant...

Alors seulement il retint son bras, et regarda à la ronde. Il vit au loin la princesse, la belle Clémence aux yeux baignés de larmes, qui tremblait pour lui autant qu'elle implorait sa merci. Pour la dernière fois leurs regards se croisèrent... et Sagramor y lut tant d'amour encore, et tant de bonté, qu'il eut honte de sa cruauté. Il rengaina son épée et se retira, laissant derrière lui le champ jonché de cadavres. Plus jamais dès lors, ne devait retentir sur la terre le nom de Sagramor.

⁂

Bien des années avaient passé depuis le jour de ces funestes exploits. La princesse ne s'était point encore mariée qui, faut-il le dire ? n'avait jamais chassé de son cœur le souvenir de celui qu'elle avait aimé. Aussi attendait-elle avec la résignation de ceux dont la sentence est prononcée que le jeune baron, unique rescapé de la bataille, atteignît l'âge de sa majorité.

Ce jour vint au moment où le vieux roi, hélas ! passa de vie à trépas. Conformément à ses souhaits, l'on porta son corps en un antique château des marches lointaines, aux confins de la montagne. Là, sa dépouille fut mise en terre. Le peuple pleura son roi, Clémence pleura son père.

Le soir même, la cour fut assemblée devant laquelle le jeune baron sollicita d'être entendu.

– Noble dame, dit-il à la princesse, que Votre Altesse me pardonne de lui tenir pareil discours en un tel jour, mais il me semble que de notre défunt roi cela était la volonté que de nous voir sans plus attendre mariés.

La cour acquiesça.

– En gage de mon amour, ma dame, reprit le prétendant, daignez accepter ce présent.

Il lui tendit alors le plus bel objet que quiconque eût jamais vu dans l'assistance : c'était une bague d'une finesse exquise, ornée avec la plus grande adresse. Pourtant ce fut autre chose qui causa l'émerveillement de la cour : car l'anneau n'était ni d'or ni d'argent, ni d'aucune pierre, aussi précieuse fût-elle, mais de glace uniquement !

– Daignez accepter cet anneau, ma dame, qui fut tiré pour vous du flanc même de la montagne, et taillé dans les mines de glace.

À ces mots – *les mines de glace...* –, il y eut dans la salle un murmure.

– Il est en effet, poursuivit le baron, de la glace la plus pure, dont c'est la coutume du peuple des mines de tirer semblables merveilles. Sa beauté n'a d'égale que sa robustesse : nulle lame au monde ne peut le rompre, aucune flamme ne le ferait fondre. La mort seule de celle pour qui il fut taillé fera disparaître ce joyau.

« Assurément, se dit chacun dans l'assemblée, voilà un présent que nul ne saurait refuser. »

La princesse en effet l'accepta, puis remercia le baron en ces termes :

– Je vous sais gré, gentil baron, de votre amour et de vos bontés. Toutefois, mon deuil est bien récent encore, et le chagrin ne m'a point quittée. Souffrez donc de repousser nos noces au printemps prochain.

Pareille réponse fut jugée convenable, et chacun y agréa. La princesse put donc se retirer en ses appartements et, là, contempler librement le tableau de ses peines. Il était tard dans la nuit quand, lasse enfin, elle voulut appeler ses femmes. Une jeune servante apparut alors dont la vue ne manqua pas de l'émerveiller, car ses yeux avaient la couleur de la glace : ils brillaient du même reflet changeant et bleuté que la bague offerte par le baron.

Intriguée, la princesse lui demanda :

– Chère enfant, dis-moi, je te prie, quel est ton nom et de quel pays te vient ce si beau regard.

La jeune servante répondit :

– Mon nom est Lunete, ma dame, je viens du village à deux pas d'ici, le dernier avant la montagne.

– Sont-ils donc nombreux en ce village, reprit la princesse, ceux qui semblent porter la glace en leur regard ?

La demoiselle rougit.

– Seulement ceux, dit-elle, qui reviennent des mines de glace.

Ces mots encore : *les mines de glace*... La princesse ne put cacher sa surprise.

– Tu as donc été dans les mines de glace ?

Lunete ne répondit pas, mais rougit davantage.

– Allons, chère enfant, reprit la princesse avec douceur, dois-tu pour moi garder des secrets ? Conte-moi ton aventure, c'est ta maîtresse qui t'en prie.

Lunete croisa les mains d'un air penaud.

– La voici donc, dit-elle, puisqu'il le faut. On m'appelle, ma dame, l'enfant des bois. Je n'ai point connu ma mère, à peine mon père. Ainsi, orpheline, je suis l'enfant des bois : des herbes sauvages, des baies que je cueille, je m'entends à tirer potions et breuvages, que je vends contre un peu de pain, ou de quoi me vêtir. Pourtant ceux du village ne m'apprécient guère, car ils me disent un peu sorcière. Aussi je vis seule, et la forêt profonde est mon unique demeure en ce monde...

« J'y étais l'autre jour encore, quêtant de quoi faire ou acheter quelque pitance, lorsque je croisai un beau cavalier. De ma vie je n'en avais vu de pareil – mais que voient dans leur vie les enfants des bois ? Bêtes et fourrés sont nos uniques amis. Je vis donc le cavalier qui me dit : "Veux-tu plaire à un baron du roi ?". Pensez ! Je lui répondis. Alors il reprit : "Va, mon enfant, dans la mine de glace, et m'en rapporte le plus beau joyau qui se soit jamais vu sur la terre. À ton retour, tu seras suivante de la princesse, et jamais plus tu ne manqueras de rien. " J'ai donc été à travers bois, j'ai marché jusqu'au cœur de la montagne. Là, j'ai pénétré dans la mine...

« Vrai, ma dame ! J'y ai vu merveilles que je ne pensais voir de ma vie... Hélas ! nul ne reste longtemps en ce lieu ; on le quitte à regret, car le peuple des mines sait se faire désirer autant qu'il refuse de se laisser aimer. On lui donne son cœur – oh ! pas tout d'un coup, bien sûr, juste un petit peu, sans y penser –, et ce bout de soi qu'on lui abandonne devient pour toujours impropre à aimer. Un beau mineur me l'a pris, un beau mineur que j'aimais l'a descendu dans les entrailles de la terre, jusqu'aux fondations de la mine. "C'est là, me dit-il, que l'on trouve la glace la plus pure, faite des cœurs offerts à la montagne." Le beau mineur me l'a pris et en a tiré une bague à nulle autre pareille : une bague entièrement faite de glace...

« Quant à moi, depuis lors, je porte dans mon regard la couleur de mon amour perdu : c'est la marque de celles qui ont aimé l'un des hommes de la montagne. Ainsi donc j'ai quitté la mine et suis venue offrir l'anneau de glace au baron, comme à vous, noble princesse, j'offre à présent mes services. »

Voici le récit que fit Lunete. Clémence l'avait écouté avec la plus grande attention et, aussitôt que la jeune fille eut achevé de parler, elle lui prit la main pour lui dire avec bienveillance :

– Pauvre Lunete, tu dois donc être bien triste ?

– Non pas, ma dame, répondit l'autre, je vous l'assure. Mélancolique un peu, comme on l'est en pensant au passé ; mais la flamme a bien vite gelé dans mon cœur, je n'ai pas eu le temps d'être triste. Voilà comme on traite l'amour dans la mine : on le change en glace afin qu'il ne vire au chagrin.

– Cela me semble, repartit Clémence, une étrange et triste coutume.

– Ainsi l'a voulu, ma dame, le roi de ce peuple.

La princesse alors sourit tristement.

– Faut-il qu'il ait eu du chagrin, dit-elle, celui qui tant le redoute... Quant à toi, gentille enfant, tu resteras, si tu le veux, de service dans ma maison. Sois assurée de mon amour et de ma protection. Mais laisse-moi à présent, il est tard et je suis lasse.

Cette nuit-là, Clémence fit un rêve étrange. Elle avançait en tâtonnant dans une galerie obscure dont les parois étaient entièrement gelées et qui semblait plonger dans le flanc de la montagne. Elle marcha longtemps de la sorte, s'enfonçant dans le boyau sombre... Lorsqu'elle parvint au bout du chemin, elle pénétra dans une crypte basse, semblable à un écrin de glace. Là se tenait un homme, lui tournant le dos. Elle ne put réprimer un frisson en l'observant, car il était vêtu d'une lourde armure de glace et ceint d'une couronne dont les ors avaient depuis longtemps pâli sous une mince pellicule de givre.

L'avait-il entendue ?

Il ne remua pourtant pas d'un pouce. Malgré la crainte qui commençait de la gagner, la princesse se sentit avancer, comme on se voit faire en rêve, sans pouvoir s'en empêcher. Elle s'approcha et vit au côté de l'homme pendre l'épée... elle s'approcha et vit avec horreur le fourreau tout de sang imbibé. L'homme alors se tourna lentement vers elle, et Clémence recula, épouvantée : elle avait reconnu ce visage disparu depuis tant d'années, le visage du roi Sagramor.

Clémence ce matin-là fut levée bien avant le jour. Elle fit aussitôt appeler Lunete et lui dit :

– Lunete, dis-moi, je te prie : as-tu vu le roi dans la mine ?

– Ma dame, je ne l'ai point vu.

– Ne me diras-tu donc rien de lui ?

– Je puis vous dire ce qu'au village on sait de lui.

– Fais, je te prie.

Ainsi fit-elle :

– La légende raconte qu'un grand roi serait venu il y a fort longtemps dans la montagne. Il marchait à la tête d'une immense armée et de son peuple tout entier. Au nombre d'étendards que portaient ses hérauts, on eût dit qu'il venait de conquérir le monde... Pourtant sa mine était affligée, et bien qu'on ne lui vît nulle blessure, il se tenait constamment le cœur, comme s'il eût été frappé là d'une vive douleur. La nuit vint tôt ce soir-là, et le roi établit son campement dans la plaine, à proximité du village. Le lendemain matin cependant, il n'y avait plus trace à la ronde ni du roi ni de son armée. Tous avaient disparu...

« Seulement on entendit ce jour-là un bruit terrible descendre de la montagne. Nul au village n'en avait jamais entendu de tel, causé par la roche ni par la neige. Quelques hommes parmi les plus braves furent envoyés en éclaireurs. Lorsqu'ils revinrent, ils firent aux anciens ce récit prodigieux : au plus profond des gorges qui grimpent entre les monts, là où se tenait naguère la plus haute paroi de roche, se dressait désormais une immense balafre de glace ! Là s'était retiré celui qui règne depuis lors sous la montagne, et que l'on appelle *le roi au cœur de glace.* »

Ce récit achevé, la princesse demeura pensive un instant, mais le pressentiment était trop fort dont elle voulait s'assurer. Aussi sa résolution fut-elle bien vite arrêtée.

– Lunete, mon enfant, dit-elle, je souhaite me rendre en ce royaume qui gît sous la montagne, car je n'aurai de repos que je n'aie vu celui qui en est le maître. Sauras-tu me mener à lui ?

– Dame ! s'exclama Lunete, c'est là un voyage fort aventureux, et ce n'est point aisément que se laisse approcher le roi de ces lieux.

– C'est égal, j'y suis résolue.

– Mais, ma dame, que dira la cour ?

– Peu m'importe la cour, chère enfant, car si ce roi est l'homme que je crois, je ne me soucie plus de rien : mon âme lui est vouée tout entière, et pour lui j'abdiquerais toutes les couronnes de la Terre.

– Enfin, si vous vous trompiez ?

– Voilà qui est juste, et à quoi il me faut pourvoir : comment revenir alors au palais sans éveiller les soupçons ?

Tandis que la princesse étudiait cette épineuse question, une lueur de malice passa dans le regard de Lunete, qui reprit :

– Ma dame, donnez-moi, si m'en croyez, congé pour la journée. Je serai de retour ce soir, avec pour vous le moyen de réaliser votre dessein.

Pareille réponse n'était pas pour déplaire à la princesse, qui libéra volontiers sa suivante.

– Va, lui dit-elle, et me reviens sans tarder.

Ainsi fit l'habile servante. Elle était rentrée lorsque tombait la nuit, et présenta à sa maîtresse une fine tresse d'herbes sauvages.

– Voilà, dit-elle, qui résoudra notre problème.

Puis elle prit l'anneau du baron. Autour du joyau elle noua délicatement les herbes tressées, murmurant quelques formules dans un langage étrange ; suite à quoi elle se tourna vers la princesse en disant :

– Voulez-vous, ma dame, passer cette bague ?

– Je veux bien, répondit Clémence.

– À présent, reprit Lunete en riant, voulez-vous bien me dire où se trouve ma dame Clémence ? Car pour ma part, je ne l'aperçois pas en ces lieux.

Ce que disant, elle tendit à la princesse un miroir.

Quel était ce prodige ?

Dans le reflet ce n'était plus Clémence qui apparaissait, mais une femme aussi belle assurément, et pourtant combien différente : sa longue chevelure d'ébène était d'or à présent, ses yeux s'étaient parés d'azur, elle était méconnaissable, en un mot !

– Voyez l'effet, dit Lunete, des plantes de la forêt : nul en vous ne reconnaîtra la princesse Clémence tant que vous porterez cette bague, et qu'y seront nouées ces herbes.

Sa stupeur passée, la princesse pressa la main écorchée de Lunete en s'écriant :

– Brave enfant, je sens déjà que jamais plus je ne saurai me passer de tes services. Nous partirons donc à l'aube prochaine. Fais dire à mes gens que la princesse est indisposée ; et que nul autre que toi ne s'avise de me déranger.

– Il sera fait, gente princesse, ainsi que vous l'ordonnez.

⁂

Ainsi donc le soleil n'avait point encore paru que deux femmes, à deux ombres pareilles, se glissèrent en secret hors les murs du château. Tandis qu'en s'éloignant elles passaient devant l'antique cimetière, l'une d'elles mit pied à terre et fit en pleurant cette prière :

– Pardonnez-moi, mon père... Pour vous j'ai vécu, toutes ces années ; à votre honneur j'ai soumis ma volonté. Mais ce temps hélas ! est révolu, et vous nous avez quittés. Vous à qui je l'ai sacrifié, vous savez qui de mon cœur est le maître. Adieu donc, cher père : s'il vit encore, c'est à lui que je vais à présent.

Puis les deux femmes se remirent en route, et chevauchèrent de longs jours durant. Elles parvinrent enfin à l'orée d'un étroit vallon où serpentait un unique chemin parmi les bois enneigés. Là-bas dans le lointain, par-delà le maillage des sapins endormis sous la neige, se dressait l'ombre blanche des montagnes.

– Voici, ma dame, dit Lunete, le pays de l'éternel l'hiver. Voici le chemin des mines de glace.

– Allons ! répondit la princesse.

Nombreux encore furent les jours qui s'écoulèrent tandis que les deux cavalières cheminaient sur l'étroit sentier tapissé de neige. Autour d'elles, le monde n'était que silence ; et loin, si loin leur semblait le royaume des hommes...

Elles atteignirent néanmoins le bout du chemin, où les parois à pic se rejoignaient en une falaise escarpée, barrant la route d'un mur infranchissable. Ce versant avait été tout de roche autrefois. Il était désormais saigné d'une immense balafre de glace qui renvoyait aux yeux mille reflets bleutés.

Et là où naissait cette veine sur la face abrupte, une porte était ménagée qui semblait donner sur les entrailles mêmes de la montagne. On y accédait par un escalier vertigineux, tout entier taillé dans la glace.

– Voici, ma dame, où je dois vous quitter, dit Lunete, car c'est là l'entrée des mines de glace, où nul deux fois ne doit s'aventurer.

Clémence donc lui donna son congé, et lui manda d'aller l'attendre en son château.

– Tu y veilleras sur la princesse, lui dit-elle d'un air entendu.

Puis, non sans appréhension, elle s'engagea sur le monumental escalier. Parvenue sur le seuil de la porte des mines, elle y lut cette inscription, gravée sur le tympan :

DE GLACE SOIT TON CŒUR

Ces mots en effet firent naître en son cœur un frisson ; elle se retourna vers la vallée en poussant un soupir, mais sa résolution était prise, et la princesse pénétra dans la mine.

Elle ne vit d'abord devant elle qu'une longue galerie sombre qui paraissait s'élever, souterraine, vers le sommet de la montagne. Elle en avait gravi de nombreuses marches déjà, éclairée de loin en loin par de rares torches vacillantes, lorsqu'il lui sembla voir un halo pâle se répandre au bout du chemin. Et d'où venait la lueur descendait un écho confus, comme d'un chœur chantant au rythme d'enclumes innombrables, et de marteaux les frappant en cadence.

La lueur devint plus vive à mesure que Clémence s'en approchait, et les chants plus distincts. Enfin ce fut une clameur qui résonna, et voici de quelles paroles elle emplissait la montagne :

Des mines nous sommes les forgerons
De nos pics sans relâche nous frappons
De glace est notre cœur
De fer, notre bonheur

Guidée par ces chants, la princesse poursuivit son chemin jusqu'à la lueur qui, comme un rideau de lumière, en marquait le terme. Alors elle put admirer le spectacle le plus merveilleux qu'il lui eût jamais été donné de voir : elle avait débouché sur un balcon fort élevé sous lequel s'étendait une nef immense, dont les piliers paraissaient sans nombre et les voûtes, plus hautes que le ciel. Ce n'était pourtant là que le moindre enchantement du lieu car tout en ce monde souterrain, colonnes et plafonds, dallages et parois, était entièrement fait de glace, et de toute part la glace irradiait une lumière irréelle et bleutée.

La princesse demeura un long moment à contempler cette salle sans fin. Puis, revenant à elle, et ses yeux s'accoutumant aux scintillements de la lumière, elle prit conscience de l'activité qui grouillait à ses pieds. Elle dominait en effet la foule des mineurs dont les chants avaient accompagné ses pas et qu'elle pouvait voir à présent, chantant toujours et frappant de leurs marteaux en cadence.

À force de coups répétés, ils détachaient de la montagne même de colossaux blocs de glace qu'ils transportaient ensuite vers le fond de la salle, là où se perdait le regard. Curieuse d'explorer ce royaume de prodiges, la princesse emprunta un grand escalier qui descendait jusque dans la nef, puis s'engagea dans l'une des nombreuses travées qui parcouraient la cathédrale enfouie. Ce ne fut qu'après bien des pas qu'elle put en gagner une extrémité, où par une porte cintrée elle passa dans une autre salle. Celle-ci était de taille plus modeste, et peuplée de femmes uniquement, qui étaient occupées à tailler les blocs de glace extraits par les mineurs.

Aussi régnait-il parmi elles le plus parfait recueillement, tandis qu'elles sculptaient avec minutie toutes sortes d'objets de la plus exquise beauté. La princesse ne put réprimer un frisson à cette pensée que, peut-être, c'étaient ces mains qui avaient façonné l'anneau qu'elle portait en cet instant même, l'anneau de Lunete qui la rendait méconnaissable.

Ce fut donc avec une sorte de hâte craintive qu'elle traversa cette pièce, ainsi que mainte autre semblable, en une longue enfilade qui la mena enfin dans une salle aussi vaste que la nef où s'affairaient les mineurs, mais bien différente cependant.

L'endroit était en effet le plus somptueux de la mine. Au fond, haut dans le mur de glace était une rose, de glace elle aussi, d'où rayonnait une lumière pure comme le jour ; et sous la rose était une estrade vers laquelle convergeaient d'innombrables galeries, courant sur les murs comme les balcons d'un immense théâtre.

On y accédait par deux escaliers en colimaçon, chacun d'un côté de l'estrade, et tous deux richement ouvragés. Cependant au parterre s'agitait une foule de serviteurs, dressant tables et chaises, apprêtant le lieu comme pour un banquet. L'une des femmes occupées à cette tâche remarqua Clémence et vint à elle en disant :

– Gente dame, quoi que vous cherchiez, je ferai de mon mieux pour vous le procurer.

– Bonne mère, répondit la princesse, c'est le roi que je cherche.

– Alors votre souhait sera aisément exaucé, car Sa Majesté doit paraître ce soir au bal.

Devant l'air interrogateur de Clémence, la femme reprit :

– Allons, belle dame, je vois bien que vous n'êtes pas d'ici. Vous verrez le roi, sans doute, mais avant toute chose il vous faut voir... à vous apprêter pour le bal.

Ce disant, elle frappa dans ses mains. Aussitôt une troupe de demoiselles entoura la princesse et, la prenant à son tour par la main, l'entraîna dans quelque appartement par les galeries.

Les unes disaient :

– Quelle toilette, gracieuse dame, vous conviendrait-elle ?

Les autres :

– Voyez cette robe.

– Ces bijoux vous plairaient-ils ?

Ainsi donc passèrent les heures et ainsi vint le soir, tandis que virevoltait la suite des demoiselles, apprêtant Clémence et veillant aux mille parements de sa toilette.

⁂

La nuit avait jeté son voile sur la montagne ; mais à l'intérieur des mines, dans les salles, dans les couloirs, mille torches brûlaient qui projetaient aux murs des ombres fantastiques.

Nulle part ce spectacle n'était plus beau que dans la grande salle, dont les galeries étaient serties de chandelles comme d'un collier de lumière. Il y avait là une foule innombrable, dansant, festoyant en liesse. Tous étaient vêtus des plus somptueux habits et tous portaient au visage un masque qui était de glace.

Clémence contempla quelques instants cette brillante assemblée : elle n'en avait à vrai dire jamais vu de plus belle. Cependant, bien vite la rattrapa cette pensée : comment sous ces masques, comment parmi tout ce monde reconnaître le roi ? Dans la foule, incertaine, il lui fallut bien pénétrer. Mais à peine s'en était-elle approchée que celle-ci commença de se fendre, lui ménageant de la sorte un passage ; et tandis que malgré sa surprise la princesse s'y engageait, les danseurs devant elle s'écartaient toujours davantage. Certains la saluaient avec déférence, d'autres lui jetaient des regards admiratifs, devinant sous son masque les charmes de la belle étrangère.

Ainsi donc Clémence avançait-elle, fendant le parterre des danseurs comme par le simple effet de sa volonté, jusqu'à ce qu'elle vît une silhouette se dresser au bout du chemin. Un homme se tenait là, lui tournant le dos.

L'avait-il aperçue ?

Il ne remua pourtant pas d'un pouce. Clémence s'approcha, sentant croître en elle une étrange émotion...

Enfin, lentement, l'homme se retourna, et la princesse se sentit défaillir. C'était lui, c'était le roi !

Elle vit à peine la couronne toute perlée de givre, elle vit à peine, derrière le masque, les yeux couleur de glace... Le roi lentement s'était avancé, le roi déjà se tenait devant elle. Il dit :

– Ne dansez-vous pas, ma dame ?

Et cette voix la remua jusqu'au fond de l'âme. Elle prit la main qu'il lui offrait, s'y appuyant un peu plus peut-être qu'elle ne l'eût voulu laisser paraître, et gracieusement il l'emporta dans la foule.

Ensemble ils dansèrent de longues heures durant, dansèrent tant que dura la fête ; et Clémence s'abîmait, fascinée, dans ce regard bleuté, dans ces yeux gelés qu'elle ne reconnaissait pas, tentant de sonder le visage par le masque dissimulé. Elle pensait : « C'est sa voix. Mais quel est ce regard ? Ah ! si je pouvais lui ôter ce masque... », et à cette pensée enfin, son dessein fut arrêté. Elle dit :

– Seigneur, je suis lasse de danser.

Le roi quant à lui ne dit mot, s'inclina seulement et la mena, par l'un des éblouissants escaliers de glace, vers la haute estrade d'où l'on dominait l'assemblée. Là, montrant une table sur laquelle étaient dressés les mets les plus raffinés :

– Vous souhaitez sans doute vous restaurer ? demanda-t-il.

– Seigneur, répondit Clémence, je n'ai pas faim.

Désignant alors une coupe remplie de vin :

– Quelque rafraîchissement, peut-être ?

Mais Clémence de nouveau repartit :

– Excusez-moi.

– Hélas ! ma dame, je crois que rien ne saurait vous distraire, car je vois assez que tout le faste de ma cour vous ennuie.

Il avait dit cela comme il avait dit le reste : d'une belle voix suave mais qui semblait distante, comme l'écho assourdi de celle que Clémence avait connue dans le temps.

Elle se força néanmoins à sourire, et répondit :

– Détrompez-vous, seigneur, seulement je ne demande pas tant d'apparat. Ne m'offrez que votre bras, et me faites découvrir votre royaume. Quant à me distraire, votre présence y suffira.

Le roi, en entendant ces mots, sourit à son tour.

– Il sera fait, dit-il, comme il vous plaira.

Et il la conduisit vers une porte latérale où tous deux disparurent. Ensemble ils arpentèrent les vastes mines, parcourant mainte salle endormie, empruntant maint couloir obscur, et le royaume sous terre parut à Clémence être infini. Il s'y trouvait des cavernes immenses qu'ils traversèrent sur des ponts vertigineux – et sous eux seulement le vide insondable...

Enfin leurs pas les menèrent devant une galerie sombre qui semblait plonger dans les entrailles de la mine. Alors la princesse, se rappelant les paroles du mineur à Lunete, demanda :

– Seigneur, ne suivrons-nous pas ce chemin ?

Le roi ne s'arrêta pas mais répondit :

– Vous le verrez, ma dame, si tel est votre désir, vous le verrez bien assez tôt.

Et leur marche reprit, jusqu'à ce qu'ils parvinssent à un splendide escalier d'honneur, dont les degrés de glace resplendissaient dans la nuit. Ils le gravirent et pénétrèrent en un lieu dont l'éclat surpassait encore, si cela était possible, toutes les merveilles du royaume souterrain : car la salle qui s'étendait devant eux était couverte des ornements les plus précieux, et semblait plus digne du séjour d'un roi que tous les palais de la Terre.

C'étaient là, en effet, les appartements du roi lui-même. Celui-ci prit Clémence par la main et, après quelques pas dans la pièce, leva devant elle un rideau diaphane. La princesse alors resta tout ébahie de la vue qui s'offrait à elle. Ils se trouvaient sur un belvédère, au sommet de la montagne ; et de ce promontoire, le regard paraissait embrasser le monde entier.

Ils restèrent un long moment à contempler ce spectacle sublime, admirant tantôt le reflet blanc des cimes sous le ciel étoilé, et tantôt plongeant le regard jusqu'au village, au plus profond de la vallée, où l'on croyait deviner la vie des habitants dans leur foyer.

Lorsqu'elle se fut abreuvée de cette vision grandiose, la princesse se tourna vers le roi.

– Sire, dit-elle, pourquoi donc vous être retiré si loin de tout, si loin du monde ? Car tel est votre pouvoir, et si nombreuses vos richesses, qu'assurément vous étiez le roi le plus puissant de la Terre.

Le roi parut réfléchir un instant, puis répondit :

— J'ai quitté le monde, gracieuse dame, car j'y avais emprise sur toute chose, hormis sur moi-même.

– Mais le souvenir de ce monde abandonné jamais ne vous porte aux regrets ?

À cet instant, un voile passa devant son regard.

– J'y ai perdu, dit-il, tout ce que j'en pouvais regretter.

Clémence, à ces mots, sentit sa gorge se nouer.

– N'y a-t-il vraiment personne, reprit-elle, personne encore que vous aimiez ?

– Non, répondit froidement le roi. Mon cœur est en paix depuis qu'il a cessé d'aimer.

Elle avait songé, l'espace d'un instant, à retirer l'anneau ensorcelé, à se faire connaître du roi... Mais ses derniers mots avaient été dits d'un ton si dur qu'elle en fut dissuadée. « Il me chassera, pensa-t-elle, dès lors qu'il m'aura reconnue. »

Le roi cependant s'aperçut de son trouble, et reprit plus doucement :

– Mais voilà, ma dame, que vous vous souciez déjà d'amour... Pourtant il me semble que de vous je sais bien peu de choses. Qui donc êtes-vous, belle inconnue, et quel est votre nom ?

Et tandis qu'il prononçait ces paroles, il dénoua délicatement le ruban par lequel tenait le masque de la princesse. Celle-ci le laissa faire puis, levant vers lui son beau regard embué, répondit simplement :

– Vous l'apprendrez, seigneur, si tel est votre désir, vous l'apprendrez bien assez tôt.

Alors à son tour mais d'une main tremblante, elle ôta le masque du roi, et voilà qu'après tant d'années reparut à ses yeux ce visage oublié... Elle essuya une larme, et posa tendrement la tête sur l'épaule de Sagramor.

⁂

Par un boyau étroit ils avaient gagné le plus profond des mines, et se faisaient face à présent dans une crypte basse, qui formait autour d'eux comme un écrin de glace. La princesse tenait à la main l'épée sanguinolente et, sous l'effet de quelle influence ? elle l'enfonça lentement dans la poitrine du roi... Celui-ci pourtant ne se troubla point, ne disant mot, la fixant du même regard éteint. Mais où la lame eût dû percer le cœur, il y eut un bruit froid, et ce fut la glace qu'elle rencontra.

Clémence s'éveilla. Tendrement, elle se tourna vers le roi, qui dormait profondément à ses côtés. Ce qu'elle vit alors sur son torse lui glaça le sang : à l'endroit même où elle croyait l'avoir blessé en rêve, Sagramor portait une large cicatrice, comme tracée de la pointe d'une épée...

Elle se détourna, effrayée.

Mais elle ne pouvait se déprendre de ce cauchemar dont le souvenir la hantait. Il lui semblait revoir son crime sans cesse, dans le boyau sombre et la crypte de glace. Elle fut de la sorte un long moment privée de repos, si bien qu'obsédée par cette vision, elle se leva, et une simple chandelle à la main, résolut de retrouver les lieux funestes qu'elle avait vus en rêve. Elle arpenta donc, seule et silencieuse, les immenses voûtes des mines endormies, car c'était alors le plus profond de la nuit.

Enfin elle parvint à l'entrée de cette galerie baignée de ténèbres dont le roi avait déjà détourné ses pas. N'écoutant la peur qui commençait de l'étreindre, elle s'y engagea. Combien de temps passa-t-elle ainsi, tâtonnant entre les parois gelées ? Le boyau prit fin néanmoins, et la princesse déboucha dans une crypte basse...

Elle ne trouva là d'abord nul obstacle à la ronde. Partout le silence, et partout la pénombre. Malgré sa crainte, elle osa un premier pas, puis un autre... et ainsi s'enfonça dans la nuit.

À mesure toutefois que ses yeux s'accoutumaient à l'obscurité, elle crut distinguer au loin une lueur, comme une vague phosphorescence bleutée. Intriguée, elle s'en approcha ; et cependant lui apparut une nouvelle lueur, suivie d'une autre encore, d'une multitude enfin, dont bientôt elle fut si proche qu'elle put l'éclairer tout à fait. Balayant alors de sa chandelle les parois alentour, elle vit que toutes étaient couvertes de masques taillés dans la glace, qui formaient devant elle une foule de visages inanimés. Pas un n'était semblable aux autres ; pourtant tous arboraient le même air placide, le même regard éteint.

– Sont-ce donc là, pensa Clémence, des morts enfouis sous la montagne ?

Mais aussi soudainement que lui était venue cette pensée, elle sentit un frisson courir sur sa peau, car voilà que parmi la foule inerte elle avait reconnu un visage.

– Lunete ! s'écria-t-elle, Lunete, chère enfant, que fais-tu donc ici ?

Et de Lunete aussitôt lui revinrent les paroles en mémoire : « Un beau mineur me l'a pris, un beau mineur l'a descendu dans les entrailles de la terre... »

Son appréhension, dès lors, ne fit que grandir, et il lui fallut bien du courage pour reprendre son chemin dans les ténèbres.

Enfin elle vit poindre devant elle une clarté telle qu'elle n'en avait vu de pareille encore. Le cœur battant, elle continua d'avancer... Elle avait gagné le plus profond de la crypte.

Il se dressait là un haut dais de glace, tout rayonnant de lumière ; et sous le dais ainsi qu'en une châsse illuminée, était l'épée sanglante, l'épée du roi sur laquelle le sang s'était figé. Elle était plantée là en majesté, et sa lame paraissait plonger jusque dans les racines de la montagne. Enfin il y avait, gravé sur le socle où s'enfonçait l'épée, un bas-relief si finement sculpté que c'était merveille.

Pourtant la princesse, en le voyant, sentit le sang se glacer dans ses veines : elle s'était reconnue dans la scène en effet, refusant à Sagramor sa main, qu'il lui demandait. Elle eut beau détourner les yeux, ce ne fut que pour apercevoir, sur le mur en surplomb, le masque du roi, lui aussi gravé dans la glace.

Clémence cette fois faillit s'évanouir de douleur : elle avait enfin compris de qui le sang coulait sur l'épée, et de quelle main le coup avait été porté. Les yeux baignés de larmes, elle s'agenouilla sous le dais et porta sur la lame un baiser.

– Hélas ! gémit-elle, ce n'était donc pas qu'un songe... Il est bien mort, le cœur qui m'a tant aimée.

Elle fut de la sorte de longues heures à se lamenter, jusqu'à ce que parussent dans le lointain les premières lueurs de l'aurore.

Alors elle partit, triste et résignée, et nul dans les mines ne sut jamais ce qu'il était advenu d'elle. Le roi seulement, du haut de son palais contemplant la vallée, d'un regard froid regarda la princesse s'éloigner.

⁂

Ainsi donc Clémence avait-elle en secret regagné son château. Le cœur au désespoir, elle s'alita, et dès lors la vie peu à peu l'abandonna.

L'on pensa d'abord : « C'est le chagrin causé par la mort du roi. », mais les jours passaient, et Clémence ne guérissait pas. On appela les médecins, mais tous leurs remèdes furent dispensés en vain. Alors on pria, et bientôt les larmes se joignirent aux prières, car chaque jour la princesse s'affaiblissait davantage.

Lorsqu'elle sentit ses dernières forces enfin qui la quittaient, elle fit venir Lunete à ses côtés et lui remit l'anneau qui avait été forgé pour elle.

– Chère enfant, dit-elle, veux-tu m'être agréable une dernière fois ? Va, je te prie, dans la mine où tu me conduisis naguère. Va, y trouve le roi. Tu lui diras ceci : que la dame se meurt qui portait cette bague à son doigt... mais que malgré la mort elle ne cesse pas de l'aimer.

Ainsi dit-elle, et aussitôt la mort l'emporta. Les larmes alors furent innombrables. Le peuple entier fut de longs jours à se lamenter, tant il est vrai que la princesse était aimée de tous. Enfin son corps fut mis en terre, et les chants résonnaient encore qui portaient son âme vers les cieux, que Lunete en silence quitta le cimetière. Seule, elle se dirigea vers la forêt et suivit tristement la longue route qui serpentait entre les monts.

Lorsqu'elle fut parvenue au fond de la vallée, elle enfila l'anneau, lequel étant demeuré ensorcelé lui fit aussitôt changer d'apparence. Puis elle gravit sur la falaise le vertigineux escalier et, bravant l'interdit, pénétra une seconde fois dans les mines.

Là, les habitants lui firent bon accueil, l'interrogèrent cependant ; à quoi la brave servante répondit :

– Mes amis, menez-moi devant le roi sans plus tarder : j'ai à lui soumettre une affaire qui ne saurait attendre.

Ainsi fut fait.

– Demoiselle, lui dit le roi, qu'attends-tu de moi ? Parle et sois exaucée, pourvu que tu demandes à bon droit.

– Sire, répondit Lunete, quant à moi je ne demande rien. C'est ma défunte dame qui m'envoie. Car voici hélas ! que la vie l'a quittée ; mais avant que d'expirer, ses derniers mots furent pour me prier de venir vous trouver, et de vous montrer ce que voici.

Le roi à ces mots prit la main qu'elle lui tendait, y examina l'anneau un instant, puis répondit :

– J'ai souvenir en effet de celle qui portait cette bague à son doigt. Sois assurée que de sa mort je nourris grand regret : c'était une dame noble et d'admirable beauté. Mais ne me diras-tu qui nous devons pleurer ? Car pour ce qui est de son nom, ta maîtresse ne me l'a point révélé.

– À présent, Sire, vous l'apprendrez.

Ce qu'ayant dit, Lunete ôta de son doigt l'anneau ensorcelé, et recouvra aussitôt sa véritable apparence.

Puis devant l'assistance médusée elle ajouta :

– Son nom était Clémence, elle était notre princesse bien-aimée.

Le roi avait porté la main au cœur, comme s'il eût été pris soudain de la plus vive douleur. Au bout d'un instant il se redressa néanmoins... Chacun alors s'épouvanta de voir à son flanc un filet de sang lentement s'écouler.

Ses gens affolés voulurent lui porter secours mais d'un geste il les arrêta, défendant que l'on osât l'approcher. Aussi ce fut seul et sans mot dire que, quittant l'assemblée, il s'enfonça dans les mines pour gagner la crypte où gisait son épée.

Là, dit la légende, il devait rester jusqu'à sa fin : son peuple en vain tenta d'obtenir de lui quelque signe de vie ; à nul il n'accordait un regard, à nul il n'adressait aucune parole. Le roi s'était abîmé dans une rêverie dont jamais on ne put le tirer.

De nombreux mois s'écoulèrent de la sorte, jusqu'à ce que l'on vît les premiers groupes quitter les mines, tristes et résignés. Bientôt ils furent suivis de convois entiers qui se dispersèrent de par le monde, répandant leur art et leur chagrin jusqu'en maint royaume éloigné. À qui les interrogeait sur leur chemin, invariablement ils répondaient :

– Les mines sont désertes à présent, et les chants se sont tus sous la montagne. Notre roi se meurt, son rêve meurt avec lui.

⁂

Il se fit entendre un jour un cri terrible dans la montagne. Il y eut ensuite un bruit assourdissant, dont l'écho résonna de longues heures à travers la vallée. Puis ce fut le silence...

Enfin lorsque les villageois osèrent de nouveau porter les yeux vers les sommets enneigés, ce fut pour voir la roche déchirée, les monts effondrés.

Et qui arpente aujourd'hui de l'étroit vallon les sentiers escarpés, ne voit plus ni glace ni neige tomber, mais seulement l'eau claire des torrents, et sous le soleil ses reflets argentés.

Le Château perdu

Il y avait une forêt vaste et profonde où chassait certain jeune homme, par une après-midi de printemps. Emporté par son ardeur, il s'était aventuré fort loin dans les bois, à une heure tardive de la journée ; si bien que lorsque le soleil commença de baisser, notre chasseur se trouva trop éloigné pour espérer de rentrer au village.

« Allons bon, se dit-il, il ne me reste plus qu'à trouver un endroit dans les environs, où je pourrai passer la nuit. »

Le voilà donc qui se remit en marche, cherchant dans la demi-pénombre un abri ; et de la sorte il allait au hasard lorsqu'il lui sembla discerner, à travers les fourrés, les pierres blanches et les toits d'ardoises d'un château. « Quelle aubaine, pensa-t-il, un château perdu là, au beau milieu des bois ! »

Malgré sa surprise il s'avança, franchit la grille et suivit une longue allée que l'ombre des tilleuls enfermait précocement dans la nuit. Cependant à mesure qu'il approchait du château, il croyait deviner à l'intérieur la rumeur d'une agitation grandissante. Enfin lorsqu'il fut parvenu sur le pas de la porte, celle-ci s'ouvrit toute grande devant lui, sans même qu'il eût trouvé le temps d'y frapper. Un laquais se tenait dans l'embrasure, et derrière lui un vestibule au pavement de marbre en damier.

– Soyez le bienvenu, monsieur, dit le laquais ; nous n'attendions plus que vous.

– Vous... m'attendiez ? demanda le visiteur, étonné.

– Certainement, reprit l'autre, le bal est sur le point de commencer.

– Mais c'est que je n'ai point d'habits, protesta le jeune homme.

– Qu'à cela ne tienne, on vous en fera donner.

Ce qu'ayant dit, le domestique frappa dans ses mains. Aussitôt un autre valet se présenta et fit conduire le visiteur dans quelque appartement à l'étage, où ce dernier trouva, comme par magie, de beaux vêtements qui semblaient tout exprès taillés pour lui. L'instant d'après il reparaissait dans le vestibule, revêtu d'un somptueux habit d'or.

On lui fit traverser un salon d'apparat, dans l'enfilade qui menait aux jardins ; puis il déboucha sur une vaste cour en terrasse, qu'encadraient les deux ailes du château. De ce promontoire on dominait un petit parc de topiaires et de roses, où jouait un orchestre à la lueur des torchères – et cet endroit, ce beau parterre, se trouvait enserré dans les bois comme un joyau dans son écrin.

Le jeune homme cependant n'eut guère le loisir de profiter du spectacle, non plus que de humer le parfum des tilleuls qui s'épandait dans l'air, car déjà l'animation de la cour accaparait tous ses regards.

On y avait dressé de grandes tables, toutes couvertes des plats les plus raffinés : montagnes de fruits, entremets en tous genres, autant de liqueurs qu'une armée en engloutirait… Mais surtout, quelle société ! Partout, gens de qualité, à l'air affable, le port altier, et tous arborant les plus somptueux habits. Personne, du reste, qui parût le moins du monde étonné de trouver là le jeune homme égaré. Chacun au contraire lui réserva bon accueil, si bien qu'il eut tôt fait de se mêler aux convives et de goûter avec eux les plaisirs d'une douce ébriété.

Ce fut alors qu'une apparition nouvelle imposa le silence parmi l'assemblée. Une femme avait fait son entrée dont jamais le jeune homme ne devait oublier le visage. Qu'avait-elle au juste qui sortît du lot ? La peau claire, la chevelure blonde à moitié nouée, moitié tombant sur la nuque en longues boucles déliées, la taille souple enfin, prise ou plutôt coulée dans une robe dont la simplicité faisait l'élégance. Tout en sa personne semblait exciter le désir et le décourager à la fois : un mélange ineffable de douceur et de joie, l'air noble, impérieux, les manières distantes – la promesse en somme, mais pour celui-là seul qu'elle en jugerait digne, des plus délicieuses voluptés. « De ma vie, pensa le jeune homme, je n'ai vu femme aussi belle. Ah ! il y aurait bien du bonheur à être aimé d'elle… »

Mais il la voyait si souveraine, si intimidante de naturel et de beauté, que tout d'abord il n'osa pas l'approcher. Du reste la trouvant constamment occupée, entourée de gens qui lui témoignaient mille prévenances, il cherchait en vain une manière élégante de briser le cercle pour s'introduire auprès d'elle.

« À défaut de rhétorique, se dit-il, un peu de ce vin m'aidera à mieux tourner mon compliment. »

Et il but... mais l'inspiration ne vint pas. Il y eut bien un moment – fugace, il est vrai – où la belle demeura seule, mais le pauvre soupirant n'avait pas fini de rassembler son courage que déjà l'occasion était passée.

« Hélas ! soupira-t-il, je ne suis qu'un sot, c'est entendu. Mais puisque décidément aucun mot ne daigne sortir de ma bouche, j'attendrai les danses. Alors je saurai bien me rattraper, sans qu'il soit besoin d'éloquence. »

Ainsi fit-il et, soulagé par cette décision qui lui accordait un peu de répit, il s'immisça dans quelque conversation voisine jusqu'à l'heure où les premiers convives se mirent à danser.

Mais la chance alors ne lui fut guère plus favorable, car l'objet de ses convoitises ne prit que peu de part à la danse, et lorsque par hasard elle le fit, le jeune homme eut beau dépenser toute son adresse, jamais ses savantes manœuvres ne lui permirent de l'approcher. Ce que voyant, de guerre lasse il se rassit et se rabattit sur le vin, confiant à un dernier verre le soin de rassembler ses forces – suite à quoi, c'était décidé, il tenterait sa chance, quoi qu'il dût lui en coûter.

Hélas ! pauvre jeune homme, ce dernier expédient, en fait de vigueur, ne lui insuffla que lassitude et somnolence. Une torpeur le gagna, le berça peu à peu, insidieuse, indolente, et bientôt l'amoureux transi échangeait son rôle pour celui de la belle endormie.

⁂

Depuis de longues heures déjà, le jour avait succédé à la nuit ; et le soleil agitait vainement ses longs rideaux de lumière, jusqu'à ce que l'un d'eux vînt, de sa frange, caresser le visage du jeune homme assoupi. Celui-ci ouvrit d'abord un œil, puis l'autre à grand-peine, enfin se redressa tout à fait ; mais ce ne fut que pour constater avec consternation qu'il se trouvait non pas dans un palais, mais au beau milieu de la forêt.

Du festin, plus la moindre trace, d'un château, pas l'ombre alentour. Rien d'autre à la ronde que les sous-bois tachetés d'or où finissait de sécher la rosée.

« Ai-je donc rêvé ? », pensa-t-il.

Mais c'était chose impossible : car à cette heure encore il portait les habits de fête qu'on lui avait donnés la veille. Et surtout il y avait cet obsédant souvenir : celui de la belle demoiselle, de son sourire... Décidément non, même en rêve il n'aurait pu l'inventer ! Et dès lors une seule chose importait, qui était de la retrouver.

Voilà donc le jeune homme qui malgré la fatigue et la faim, secoue sa torpeur et part à sa recherche. Il ne ménage aucun effort, ne se repose pas un instant, parcourt les chemins, arpente les bois tout le jour durant... Sans le moindre succès. Le château demeure introuvable, et sa belle habitante avec lui ; si bien que recru de fatigue à la fin, l'amant malheureux doit se résoudre à rentrer parmi les siens.

Or il y avait deux jours qu'il n'avait reparu au village ; de sorte que ses amis, le voyant arriver, ne manquèrent pas de se réjouir, sans toutefois lui épargner les moqueries de circonstance : « Eh bien, disait l'un, la chasse a donc été bonne ? — N'était le gibier, ajoutait l'autre, je jurerais que tu t'es perdu dans les bois ! »

Mais lui n'avait cure de leurs railleries :

– Dites-moi plutôt, répondait-il, comment retourner au château que j'ai vu dans la forêt !

Et de leur conter son histoire, sans en omettre le moindre détail. Quant à l'effet que ce récit produisit sur ses amis, on en jugera sans peine : « Allons bon, lui dirent-ils, tes sens sont éprouvés, la fatigue t'égare. Qui donc aurait bâti un château en plein milieu des bois ? »

Il eut beau insister, protester de ce qu'il avait vu, rien ne suffit à les convaincre. Tout ce qu'il obtint fut qu'on lui rappelât la proposition du père Bussy, riche négociant du village qui lui offrait sa fille Antoinette en mariage.

– Antoinette est pourtant charmante, disaient ses amis, il n'y a pas plus jolie fille dans les environs. Que vas-tu t'enticher d'une princesse imaginaire ?

Face à quoi, le jeune homme, las de disputer[1], coupa court aux débats et fila s'enfermer chez lui, au demeurant fort mécontent de ses amis. « La petite Antoinette, bougonnait-il... La petite Antoinette est bien jolie, mais qui me rendra l'ange aperçu l'autre soir ? » Et à cette simple évocation son esprit s'apaisait.

Il y aurait pensé toute la nuit si le sommeil opportunément... Mais qu'allez-vous croire ? Loin de les lui ôter, le sommeil ne fit que changer en rêve

[1] Discuter de / forme littéraire.

ses amoureuses pensées. Il se revit dans la cour et dans la cour il revit sa belle, plus belle encore qu'il n'en avait gardé souvenir ; de sorte qu'il se réveilla le lendemain plus convaincu que la veille de ne pouvoir désormais vivre sans elle.

« Fi donc, maugréait-il, fi donc de mes amis ! La belle Antoinette attendra bien quelques jours. Quant à moi, c'est décidé : je retourne dans les bois ; il faudra que je meure, ou que je retrouve ce château ! »

Alors le cœur plein d'espoir et une gibecière emplie de victuailles, il s'enfonça de nouveau dans la forêt. Pourtant il eut beau l'arpenter en tous sens, en explorer les moindres recoins, il ne trouva rien qui ressemblât à un château, de près ou de loin. La nuit seulement, lorsqu'il dormait, il revoyait en songe le palais, la cour, le festin, et surtout cette femme admirablement belle que de rêve en rêve il croyait aimer davantage.

Ainsi donc après plusieurs jours d'errance il rentra de nouveau au village, bredouille et harassé, mais non pas abattu. Ses camarades, cette fois, n'eurent pas le cœur à rire, car ils commençaient à s'inquiéter de cette passade qui absorbait tout entier leur ami, menaçant même de lui coûter un fort avantageux parti. Mais lui, l'amour au cœur, bien que leur sollicitude le touchât, ne pouvait se résoudre à oublier son rêve.

Il les réunit donc pour leur tenir ce discours :

– Mes amis, je conçois vos inquiétudes à mon endroit, et je vous en remercie. Du reste n'ayez crainte, je n'entends pas leur donner lieu de prospérer bien longtemps ; mais pour l'heure, il me faut aller au bout de mon idée : trop de regrets me sont déjà venus d'une seule nuit d'indolence, à Dieu ne plaise que je les prolonge pour le restant de mes jours ! Je partirai donc sans plus tarder. Je parcourrai tout le royaume, s'il le faut, mais je retrouverai cette femme. Seulement si dans un an à compter d'aujourd'hui, ma quête n'a point abouti, je m'en ferai une raison, je m'y engage : j'épouserai Antoinette, et jamais plus ne penserai à ce château ni à ses chimères.

Ayant ainsi parlé, la mine grave mais déterminée, il salua ses amis, et quitta pour la dernière fois le village.

Que pourrait-on dire des jours, des semaines qui suivirent ? Le jeune homme avait d'abord exploré le pays alentour, de là était passé dans la contrée voisine, pour voyager enfin jusqu'aux quatre coins du royaume. Il avait franchi bien des monts, traversé bien des rivières. Toutes les nuits il rêvait de sa belle, et tout le jour il allait demandant :

– Connaissez-vous le château dans la forêt ?

Mais personne jusqu'alors n'avait pu tant soit peu l'éclairer. Personne du moins, jusqu'à certain jour qu'il traversait justement une forêt. Son chemin y croisa celui d'une vieille femme, à laquelle il adressa sa demande habituelle :

– Bonne femme, dit-il, je cherche une dame qui habite un château dans la forêt. Sais-tu où je puis la trouver ?

À sa grande surprise, voici ce que la vieille lui répondit :

– Oui, mon fils et même je te la ferai voir, moyennant quelques pièces.

Ce qu'entendant, le jeune homme ne se fit pas prier. Il eut tôt fait de lui glisser dans la main trois beaux écus d'or.

– C'est bien, fit la vieille, assieds-toi.

Elle détacha une outre de sa ceinture et la tendit au jeune homme.

– Bois de ce vin, dit-elle. Trois gorgées, ni une de plus, ni une de moins.

Le jeune homme s'exécuta. Puis il s'écoula quelques instants au cours desquels il sentit la potion répandre en lui ses effets : sa vue se troubla, une pesante torpeur l'envahit qui pourtant n'était pas le sommeil, mais ressemblait à un rêve. Il lui sembla voir un écran de fumée devant lui, d'où peu à peu une forme émergea : c'était celle de sa bien-aimée aux longues boucles blondes ! Elle était là, plus proche qu'il ne l'avait jamais aperçue... Mais dès lors qu'il s'enhardit à lui tendre la main, la vision de nouveau se couvrit d'un voile – et lui, craignant de la perdre, se leva, fit un bon en avant... Hélas ! ce qu'il vit derrière le nuage acheva de lui rendre la raison : c'était la vieille femme qui se tenait là, le regard malicieux et le sourire au coin des lèvres.

– Méchante femme, s'écria-t-il, tu m'as trompé !

– Te tromper, railla la vieille, et à quoi bon ? Tu te trompes toi-même si volontiers ! D'ailleurs ne l'as-tu pas vue, celle que tu voulais voir ? Eh bien, tu sais à présent où la trouver !

Sur ces mots, elle reprit tranquillement son chemin, profitant de ce que les derniers effets de son breuvage, tardant à se dissiper, laissaient sa victime tout engourdie.

Le jeune homme quant à lui resta longtemps à méditer cette aventure. Il se trouvait bien naïf de s'être aussi aisément laissé berner ; mais peut-être la vieille n'avait-elle pas tort après tout, et n'était-il la dupe que de lui-même, et de ses illusions...

De ces réflexions lui naquit un sentiment nouveau, mélange de tristesse et de résignation qui devait grandir en lui au fil du temps ; de sorte que les derniers mois de son voyage virent son enthousiasme le céder peu à peu au découragement et à la désillusion.

Il en était à ce point lorsque, traversant une nouvelle forêt par un beau jour de printemps, il vint à y croiser un vieillard. De lui-même sans doute il ne l'eût pas abordé, absorbé qu'il était par de mornes pensées. Mais voici que le vieillard, le voyant arriver, lui adressa la parole le premier :

– N'es-tu pas celui qui cherche le château dans les bois ? demanda-t-il.

– Si fait, répondit le jeune homme, quelque peu intrigué.

– Hélas ! reprit le vieillard, tes pérégrinations n'ont fait que t'en éloigner. Mais tu peux être heureux à présent, car te voilà bien proche du terme de ton voyage.

Ayant ainsi parlé, il écarta de la main les broussailles environnantes. Alors quelle ne fut pas la surprise du jeune homme, en voyant son village étendu là, sous ses yeux ! Puis lorsqu'il voulut se retourner vers le vieillard, son étonnement ne s'en trouva que grandi : car celui qui l'instant d'avant se trouvait encore à ses côtés avait soudainement disparu, sans laisser la moindre trace derrière lui.

Toutefois notre voyageur n'eut guère le temps de s'attarder sur ce mystère, car l'un de ses amis, l'ayant aperçu, eut tôt fait de courir à lui, non sans ameuter toute la compagnie sur son passage. Alors le village entier de faire fête à l'enfant prodigue enfin revenu, et celui-ci d'étreindre ses parents à son tour, soulagé de les revoir malgré l'insuccès de son voyage. Il se trouvait semblable, en somme, à ces marins dont le navire a fait naufrage, reconnaissants d'être en vie bien qu'ayant vus leur fortune engloutie.

Ce fut alors qu'à travers la foule il aperçut une jeune femme qui se tenait en retrait, appuyée au bras de son père. Aussitôt il se fraya un chemin et marcha droit vers elle.

– Père Bussy, dit-il en s'inclinant, si vous me jugez encore digne de votre alliance et de votre amitié, je les accepte toutes deux bien volontiers. Quant à vous, Antoinette, ajouta-t-il en se tournant vers la jeune fille, me permettrez-vous de croire qu'une vie entière passée à vos côtés vous fera oublier l'inconséquence de ma jeunesse ?

À ces mots, le Père Bussy acquiesça, puis se tourna lui aussi vers sa fille. Celle-ci tendit la main au jeune homme, en signe de consentement, puis elle lui adressa un regard plein de malice tout en répondant : « Nous verrons bien. »

Alors la liesse reprit de plus belle sans que le nouveau fiancé, revenu à sa mélancolie, eût remarqué le sourire mutin de sa promise...

⁂

Le jour des noces était venu. Après la messe on s'était rendu sous la halle du village, tout ornée de fleurs pour l'occasion. On avait dansé, chanté jusque tard dans la nuit, et le vin avait coulé à pleins tonneaux. Antoinette était ravissante, l'air angélique sous sa couronne de jacinthes, mais désirable à se damner, pour tout ce que les damoiseaux devinaient de charmes à travers sa robe de mousseline blanche.

Lorsque l'heure fut suffisamment avancée, le jeune homme invita sa nouvelle épouse à se retirer. Devant les convives elle fit mine d'accepter, mais dès qu'ils se furent tous deux suffisamment éloignés de la halle, elle saisit sa main et, le priant par un regard de la laisser faire, l'entraîna en direction de la forêt.

Une fois parvenus à la lisière, le jeune homme s'étonna, voulut la questionner, mais il est de si charmants sourires qu'on ne saurait rien leur opposer. Ainsi donc ils pénétrèrent dans les bois, marchant en silence, elle guillerette, sautillante, lui de plus en plus intrigué.

Enfin elle s'engagea d'un pas plus lent sur une sente au bout de laquelle une petite porte était ménagée dans un arceau de buis. Le jeune homme s'avança, ouvrit la porte, et comme par prudence il s'apprêtait à passer le premier, Antoinette le retint doucement par la main.

– Attends, dit-elle. Ferme les yeux.

Puis, s'appuyant contre son dos, elle fit de son mieux pour le guider à travers le passage.

– Penche-toi donc un peu ! ajouta-t-elle en riant.

Il sentit une branche en effet lui effleurer le visage.

– C'est bien, dit-elle enfin. Tu peux rouvrir les yeux.

Ce que le jeune homme découvrit alors lui fit pousser un cri de surprise. Il s'étendait devant lui, au clair de lune, un jardin décoré de topiaires et de roses – et derrière une balustrade en surplomb, un château de pierre blanche aux toits d'ardoises... le château perdu dans les bois ! Ce que voyant il voulut se tourner vers Antoinette, mais celle-ci lui chuchota :

– Attends encore, veux-tu ? Ferme les yeux une dernière fois.

Alors il la sentit qui s'approchait, se glissant doucement contre lui. Mais quand à nouveau elle lui permit de voir, ce fut lui qui refusa :

– À ton tour, dit-il.

Et, l'attirant à lui par la ceinture, il l'embrassa.

Ce ne fut qu'après cette première étreinte que tous deux rouvrirent enfin les yeux, elle pour lever vers le ciel un regard enchanteur, lui pour contempler d'un air incrédule la femme qu'il avait tant cherchée, ses boucles blondes et sa taille déliée, se blottir tendrement dans ses bras.

Plus jamais dès lors le jeune homme ne devait rêver d'aucun château ni d'aucune femme, tant il est vrai qu'il vécut le restant de ses jours dans un rêve éveillé.

La Légende de Géraud

Il est une légende oubliée que l'on se racontait naguère, le soir à la veillée, à la lueur des chandelles. C'est l'histoire de Géraud, seigneur de Montclard, premier comte et protecteur de l'Auvergne. Sa vaillance n'avait d'égal que son orgueil ; il était brave, le cœur plein de superbe, mais si farouche et occupé de lui-même, qu'il en avait perdu toute pensée dont sa grandeur ne fût pas l'objet. De sorte que ne voyant jamais le mal mais sans cesse le causant, il aurait mérité mille fois d'être précipité en Enfer si le Ciel, prenant son âme en pitié, ne lui eût offert de racheter ses fautes en rétablissant la paix de l'Auvergne.

De combien d'épreuves Géraud dut acheter son pardon, vous aurez tôt fait de le savoir .. Et quel émissaire lui fut envoyé pour le rappeler à ses devoirs ? Ma foi qui d'autre que celui auquel nul homme n'a jamais su résister ?

La Chute

Il y avait sept ans déjà que Pépin, roi des Francs, avait mis le siège devant Narbonne. La ville était alors aux mains des Infidèles, qui par elle tenaient la Septimanie sous la loi de l'islam. Maintes fois, les Francs avaient donné l'assaut ; chaque fois ils avaient été repoussés. La troupe était lasse, et le roi s'inquiétait. Prendrait-on jamais Narbonne ?

Partout dans le camp, parmi les soldats, les courtisans, on entendait un bruit se répandre : « Il faut appeler Géraud. Lui seul saura forcer les défenses ! » Mais Pépin redoutait Géraud : « Il prendra Narbonne, pensait-il, mais ce sera pour son compte, et non pour le mien. À quoi dès lors me servira de l'avoir enlevée aux Sarrasins ? ». Ainsi donc, en dépit de tous, le roi patientait-il, attendant que tombât la ville, lorsque lui parvinrent d'alarmantes nouvelles des confins du royaume : la Germanie s'agitait, les Lombards se rebellaient, bientôt ils seraient devant Rome... Il fallait agir. Conquérir Narbonne, ou bien partir. Alors Pépin se résigna, et dépêcha un messager en Auvergne.

Celui-ci trouva Géraud quelques jours à peine avant son mariage. Il devait épouser la belle Aurore de Ravel, si haut louée pour sa vertu, et dont on disait que la chevelure d'or était dans ces contrées austères plus resplendissante que le soleil. À quel plus grand bonheur pouvait prétendre une âme aussi pure, que celui d'offrir sa main au premier prince de l'Auvergne ? Ce dernier cependant, aussitôt qu'il eut entendu l'émissaire du roi, résolut de répondre à son appel. Il partit dès le lendemain, à l'aube naissante, ne voulant pas même différer jusqu'à ses noces, tant était grand son appétit de gloire.

Aussi l'on vit bientôt défiler devant les murs de Narbonne une armée fière et impétueuse, dont les heaumes et les cuirasses renvoyaient dans le ciel des éclairs argentés. À sa tête chevauchait Géraud, toisant les défenseurs de la ville qui l'observaient, craintifs, depuis les remparts. Seule parmi eux, une ombre à l'abri d'un moucharabieh[1] le contemplait d'un tout autre regard...

Le soir venu, Géraud s'était retiré sous sa tente lorsqu'une femme s'y présenta, le visage enveloppé de voiles, selon la coutume des mahométanes.

– Seigneur, dit-elle sur un ton de mystère, te plairait-il de coucher ce soir dans Narbonne ?

Comme il la regardait avec surprise, elle reprit :

– C'est ma dame Alaia qui m'envoie par-devers toi. Elle qui est fille d'Abd-er-Rahman, notre seigneur et gouverneur de la ville, elle dont la beauté surpasse en éclat tous les trésors de Damas et d'Al Andalus, a posé tantôt les yeux sur toi, et son cœur s'est embrasé. Aussi tu n'as qu'un mot à dire : que tu

---

[1] Ornement de fenêtre ou de balcon, sculpté dans le bois en forme de petits losanges qui permet de regarder à l'extérieur en toute discrétion.

consens à me suivre, et cette nuit Alaia est à toi. Cette nuit Alaia, demain Narbonne...

Puis, voyant que Géraud hésitait encore, elle ajouta :

– Eh bien, de quoi donc as-tu peur ?

Ces mots piquèrent l'orgueil de l'Auvergnat.

– Allons, dit-il.

Et tous deux se glissèrent hors du camp en silence. Ils gagnèrent les remparts et les suivirent un long moment, jusqu'à rejoindre une poterne qui ne semblait pas gardée. La servante prononça quelques paroles à voix basse, et la porte s'ouvrit. Géraud derrière elle pénétra dans la ville...

Ils traversèrent un entrelacs de ruelles sombres, marchant d'un pas furtif, se jetant sous un porche ou derrière un muret lorsque s'annonçait une patrouille. Ils parvinrent de la sorte au pied d'un haut édifice dont l'ombre imposante renforçait encore, si cela était possible, la noirceur de la nuit. Là était le palais d'Alaia. De nouveau, la servante dit une formule à voix basse, puis mena son hôte à travers un dédale de pièces à la lumière tamisée.

De loin en loin, il semblait à Géraud entendre une rumeur enfler, comme le vague écho d'une fontaine, l'écoulement d'un ruisseau. Une dernière porte enfin s'ouvrit, et voici que Géraud pénétra dans une vaste salle, tout embuée de vapeurs. En son centre s'étendait un grand bassin dont l'eau était jonchée de pétales de roses. Des femmes approchèrent à qui seules les brumes tenaient lieu de voiles, et commencèrent à déshabiller le visiteur. Ce qu'ayant fait, elles le prirent par la main et le firent entrer dans le bain ; là, le massèrent, le frictionnèrent, lui parlant d'une voix douce une langue étrange, qu'il ne comprenait pas. Passés ces premiers instants, les femmes s'écartèrent, s'évanouirent dans les vapeurs parfumées.

Alors il se dessina à l'extrémité du bassin une silhouette qui, laissant tomber sa tunique à ses pieds, découvrit à Géraud tous les charmes de la plus exquise beauté. Lentement, elle descendit les marches, s'enfonça dans l'eau jusqu'à la taille et s'avança vers le prince. Celui-ci ne put réprimer un sourire en contemplant cette peau brune et ces cheveux d'ébène, ces deux prunelles noires qui le dardaient d'un air fier.

Alaia ne s'arrêta qu'à un souffle de lui, et dit :

– Ainsi donc il est venu, celui qui doit faire tomber Narbonne. À ton nom seul tremblent nos murs, à ta vue vacillent nos hommes. Hélas ! je le sens... le moment est proche où notre séjour en ces lieux doit finir. Mais à quoi bon, seigneur, faire couler le sang ?

À cette voix envoûtante, Géraud répondit sans s'émouvoir.

– Le moyen, demanda-t-il, de l'éviter ?

Elle s'approcha d'un pas encore, lui déposant ces mots sur les lèvres :

– Quoi de plus simple ? Tu reviendras demain dans la ville, accompagné de tes hommes, par la même porte où tu y as pénétré ce soir. Je te guiderai jusqu'au bastion où repose la garde. Toi et les tiens n'aurez qu'à profiter de leur torpeur pour désarmer les soldats, et la ville avant l'aube t'appartiendra.

– Et de tout ceci, ma douce amie, quel doit être le prix ?

– Beau sire, le voici : que je sois dès ce soir ton épouse, et que demain ne soit versé le sang d'aucun des miens. Qu'ils soient libres de quitter la ville avec armes et honneur, pour s'en retourner par-delà les monts, hors du royaume des Francs. Seule restera Alaia, pour toujours à tes côtés. Que dis-tu donc, seigneur, de si favorables conditions ? Aujourd'hui le plaisir, demain la gloire…

Pour toute réponse, Géraud esquissa un sourire et la saisit par la taille, cependant que la belle Sarrasine nouait autour de son cou ses deux bras alanguis.

Un autre jour s'écoula, puis une autre nuit, et le plan des deux amants fut accompli. Aux premiers signes de l'aurore, un son de cor dans Narbonne retentit. Lentement, les lourdes portes s'ouvrirent, et ce fut, devant les Francs ébahis, le défilé des Auvergnats sortant de la ville. Tous étaient couverts d'or, jusqu'au plus simple soldat. À leur tête marchait Géraud, terrible et fier. Il était suivi de dix chevaux qui portaient son butin, et pour chacun de ses hommes, selon son rang, il en était de même.

Enfin il y avait, derrière leur cortège, la troupe des Sarrasins défaits, allant à pied, sans armes et les mains liées. Parmi eux une femme se lamentait plus que tout autre : c'était Alaia bafouée, trompée par Géraud, perdue d'honneur à jamais.

Le triomphe fut porté jusque devant le roi à qui Géraud, montrant la horde des prisonniers, dit d'un ton plein d'insolence :

– Sire, voici ton butin. Quant à moi, j'ai déjà le mien.

Ayant parlé de la sorte, il se remit en marche, ses fidèles avec lui, en direction de l'Auvergne.

Pépin, quant à lui, demeura de longues heures à ruminer sa rancœur, maudissant l'impudence de son baron, jusqu'à ce que l'un de ses hommes vînt le trouver, lui faisant savoir qu'Abd-er-Rahman, depuis sa geôle, implorait qu'on le laissât lui parler.

– Amenez-le, dit le roi.

Ainsi fut fait. Abd-er-Rahman se présenta ; il se courba jusqu'à terre, en disant :

– Ô roi, je sais trop bien quelles amères pensées tourmentent ton âme, car j'ai dans le cœur la même haine envers celui qui fait ton malheur. Oui, comme toi je le hais, cet homme perfide qui a ravi l'honneur de ma fille, et causé la ruine de mon peuple. Aussi accorde-moi, je t'en conjure, de venger et mon nom et mes armes, et par là même de te défaire d'un si dangereux rival. Libère mes hommes, honore la parole que Géraud a donnée en ton nom. Nous ferons mine de retraverser les monts, cependant que nuitamment nous suivrons la trace des félons ; et lorsque se présentera la première occasion, nous fondrons sur eux. Alors par ma foi, il ne dépendra pas de moi que de Géraud tu subisses à nouveau les outrages !

Ce discours laissa le roi songeur un instant, puis d'un geste il fit relever Abd-er-Rahman et ne dit que ces mots :

– Soit, j'y consens.

Aussitôt ordres furent donnés : au nom de l'honneur on libéra les Sarrasins, on les arma, leur rendit leurs insignes ; enfin ils partirent en direction de l'Espagne, et leur cohorte disparut dans la nuit.

Les Auvergnats cependant avaient regagné leur province, et dressé leur camp sur un cirque verdoyant, entouré de bosquets : le lendemain, dès l'aube, devaient être célébrées non loin de là les noces de Géraud et de la belle Aurore. Hélas ! il n'en fut jamais rien... Car ce fut en cet endroit qu'à la faveur de la nuit, les Sarrasins déferlèrent avec rage sur leurs adversaires endormis. Ceux-ci pourtant parvinrent à se ressaisir, s'étant regroupés autour de leur chef, lequel taillait en pièces tout ce qui osait s'approcher de lui. Aussi le sort de la bataille demeurait-il indécis lorsque Géraud, s'étant avancé jusqu'au cœur de la mêlée, y rencontra Abd-er-Rahman – et voilà qu'il s'apprêtait à abattre sur lui son épée...

Alors le Sarrasin, de désespoir, s'en remit à son dieu, l'implorant de lui accorder la victoire... Il eût mieux fait de se taire, car au lieu d'Allah, ce fut le Diable qui répondit.

– Tu auras la victoire, dit-il, et j'aurai ton âme.

Aussitôt un charme arrêta le bras de Géraud : il se trouva comme pétrifié, incapable du moindre mouvement. Au même instant retentit un grondement sourd dans les entrailles de la terre, et de tout le plateau le sol soudainement s'effondra. Les Auvergnats, Abd-er-Rahman lui-même et son armée, tous furent précipités dans l'abîme...

Tous, hormis Géraud.

Car au moment où à son tour il allait être emporté, une voix descendit du ciel en tonnant :

– Traître à ta parole, rebelle à ton roi, le Diable pourtant n'aura pas ton âme. C'est ici que tu resteras, le cœur en tourment, l'esprit sans repos jusqu'au jour où tu auras fini de méditer tes péchés. Alors seulement tu renaîtras, libre enfin de les réparer.

Ainsi donc le Ciel en avait jugé. Tel serait pour Géraud le prix de son orgueil : demeurer figé, le regard immobile, contraint de contempler à jamais le gouffre qui par sa faute avait englouti les siens.

Cependant voilà que déjà la nuit s'éclaircissait ; bientôt rougeoieraient les premières lueurs de l'aube...

La belle Aurore apparut, accompagnée de sa suite... la belle Aurore pleurait devant le spectacle de son bonheur perdu. Tout à sa peine, elle ne voyait pas que face à elle, de l'autre côté du cirque effondré, une autre ombre s'affligeait, le front penché sur l'abîme : c'était Alaia, princesse sarrasine, hier trompée, aujourd'hui orpheline. Et les deux femmes pleurèrent et pleurèrent tant, que le précipice tout entier s'emplit de leurs larmes...

Ainsi naquit, dit la légende, le lac qui fut l'œuvre du Diable, et que les hommes nommèrent le Lac Pavin. Et cet endroit verdoyant naguère, si propice à la vie, devint froid, sinistre et désolé. Il s'entoura de bois, peuplés uniquement de bêtes sauvages ; ses eaux se changèrent en glace, et la statue de Géraud de même, comme prise dans un éternel hiver. Seule la croix d'or qu'il portait au cou devait échapper au maléfice et continuer de briller, pareille à une flamme dans un océan d'obscurité. Enfin il semblait, par les nuits calmes où se taisait le vent, que montait depuis les profondeurs du lac la complainte des âmes qui sommeillaient au fond de ses eaux.

Nul n'osait plus s'aventurer en ce lieu hostile.

Seulement on racontait, parmi les gens de la contrée, qu'un jour viendrait où la glace fondrait, rendant la vie au prince d'Auvergne emprisonné, et libérant avec lui son armée. De ce miracle, quel serait le prix ? Des larmes versées, des larmes encore, aussi pures que celles qui avaient jadis inondé l'abîme...

Les Brigands

Bien des années, bien des siècles avaient passé. Pépin avait su d'abord imposer sa poigne à l'Auvergne décapitée ; mais bientôt le prestige de sa descendance avait pâli, livrant la province aux rivalités de ses barons, et à l'appétit de ses puissants voisins, les ducs d'Aquitaine. Puis ce furent les Normands et leur déferlante de saccages qui ravagèrent la région.

Celle-ci, à l'âge où reprend notre récit, se trouve ruinée, ses peuples exsangues. Il traîne encore, çà et là, quelques bandes de Vikings attardés, ne pouvant renoncer à leur vie de rapines. L'une de ces hordes s'étant laissé dire qu'il était un ancien héros dont la statue portait une croix d'or autour du cou, rien ne put réfréner sa convoitise, et voici les brigands à l'orée de la forêt qui bordait le lac Pavin.

La nuit était claire, mais les bois étaient noirs. Ils avaient les bruissements inquiétants du silence : frôlements, échos étranges – partout alentour des murmures assourdis. Les Normands y pénétrèrent pourtant, et les traversèrent jusqu'aux berges du lac. Là, de nouveau, le ciel étoilé se faisait jour dans l'obscurité.

Un à un, ils s'aventurèrent sur la glace, à pas comptés. Regardant sous leurs pieds, il leur sembla distinguer des formes mouvantes dans les profondeurs gelées, et entendre de lointains gémissements se répandre dans l'air. Malgré leur bravoure, ils frémirent. Certains même s'arrêtèrent...

Les plus courageux d'entre eux cependant, s'étant portés plus avant que les autres, avaient gagné la statue dont leur avait parlé la rumeur. Elle se dressait face à eux, imposante, en plein centre du lac. À son cou brillait l'admirable croix pattée, toute d'or – et d'or également était son collier.

L'un des Vikings tendit la main, se saisit de la croix... Aussitôt, il se fit entendre un craquement dessous ses pieds, et la glace sur laquelle il marchait s'effondra. Ce fut la panique : partout la débâcle, et dans leur fuite les brigands se lançant tantôt la croix, tantôt se l'arrachant. Enfin l'un d'eux, qui était resté sur la rive, en voulant secourir le dernier de ses compères lui tendit la main, mais l'autre fut à son tour happé dans les eaux gelées, si bien que seule la croix lui resta entre les doigts.

Il avait pour nom Tankred, était d'une âme hardie. Mais ayant vu tous ses compagnons mourir engloutis sous la glace, et percevant soudain autour de lui la présence comme vivante des bois hostiles, Tankred ne se sentit plus de peur et prit ses jambes à son cou. Il traversa la forêt, s'élança sur la lande, y courut jusqu'au bout de la nuit. Le jour naissant ne le trouva pas plus rassuré : car il s'était levé un vent furieux qui le glaçait, qui lui hurlait dans les tempes comme pour lui répéter ce reproche sans cesse, d'avoir violé quelque immémorial interdit.

Aussi, fréquemment il se retournait, devinant dans le brouillard des formes étranges qui semblaient le poursuivre. La croix d'or à présent lui brûlait les mains, tant il craignait pour sa vie. Seulement à chaque fois qu'il était tenté de l'abandonner là, sur le chemin, pour conjurer le sort, une force mystérieuse l'obligeait à s'y cramponner de plus belle, empêchant qu'il ne s'en séparât. Il s'était ainsi écoulé un jour entier, puis une autre nuit, lorsque le malheureux parvint, hagard et défait, à une modeste chapelle, juchée sur un col.

La porte était ouverte. Il entra, se laissa choir à genoux, en s'écriant :

– Asile !

Alors seulement la croix lui tomba des mains.

– Asile... balbutia-t-il à nouveau.

À ces mots, une voix douce répondit :

– N'aie crainte, mon frère, à tout voyageur il est offert ici refuge.

Redressant la tête, Tankred vit se dresser devant lui la silhouette ascétique d'un vieil ermite. Celui-ci porta le regard sur la croix qui gisait à terre, et reprit :

– À tout pénitent, il est offert miséricorde.

Puis, le relevant, il mena le Normand dans la masure voisine, qui lui servait d'abri, et lui indiqua une couche de paille où passer la nuit.

Tankred cependant n'y trouva qu'un sommeil tourmenté. Son repos fut hanté par la vision d'un chevalier de glace, qui dans son rêve le poursuivait sans relâche. À son réveil, il s'en ouvrit à l'ermite, qui lui fit cette réponse :

– Mon fils, celui à qui tu as dérobé cette croix n'aura de repos qu'il ne l'ait retrouvée.

– Ah, mon père ! s'écria l'autre, gardez-la donc, gardez-la dans votre église ! Pour moi, je vous l'abandonne.

– Ainsi soit fait, répondit l'ermite, mais sache que le Ciel, en sa miséricorde, ne t'a épargné sur le lac que pour placer cette croix sous ta garde. Ainsi devra-t-il en être jusqu'au jour où notre seigneur Géraud, sortant de sa torpeur, partira en sa quête à nouveau. Songe, mon fils, qu'il en va du salut de ton âme...

Tankred, déjà ébranlé par les épreuves et les visions des derniers jours, fut si profondément pénétré de ces paroles que pour la première fois peut-être, il lui vint à l'âme le désir d'une vie nouvelle. Il résolut donc de demeurer quelques jours avec l'ermite. Mais bien vite celui-ci l'eut convaincu de prolonger son séjour, enfin de tout à fait se convertir. Ce fut ainsi que Tankred se fit ermite à son tour, aux côtés du saint homme dont il devait bientôt apprendre qu'il avait pour nom Robert, seigneur de Turlande.

Quant à la croix d'or, toutes ces années elle trôna devant l'hôtel de leur petite chapelle perdue au milieu des monts, en cet endroit que d'après elle et au nom du saint qui l'habitait, on ne tarderait pas à nommer le Col de la Croix Saint-Robert.

Lénore

Bien des années, de nouveau, s'étaient écoulées. Le temps, hélas ! avait fait son ouvrage, et Robert, ayant quitté ce monde, avait laissé la croix et l'ermitage aux soins du seul Tankred, lui-même bien âgé à présent. La province entière était plus que jamais la proie des guerres, et des déprédations...

À tous les chevaliers, à tous les belliqueux, l'évêque de Clermont tentait d'imposer une trêve, au nom de Dieu, mais que peut la prière contre la force ? et la force en ce temps était aux barons.

Cependant au cœur de ces malheurs il en était un plus triste encore : celui de Lénore, demoiselle de Beauregard. Elle était l'héritière d'un vaste domaine, et c'était bien là le moindre de ses attraits, car le Ciel, en sa bonté, l'avait dotée d'une beauté à nulle autre pareille. Elle avait une peau de nacre, la chevelure aussi noire que le jais, les yeux bleus comme deux diamants. Mais comme en ces temps troublés un bonheur ne venait jamais seul, quelque mauvais génie – ou était-ce le Diable en personne ? – s'était à son tour penché sur son berceau. Il l'avait condamnée à offrir ses charmes au premier chevalier qu'elle verrait, fût-il rustre ou bien né, et à nourrir pour lui un amour irrépressible.

Nombreux dès lors furent les prétendants qui voulurent la rencontrer. Ses parents, tant qu'ils vécurent, parvinrent à la dissimuler aux regards, ne laissant paraître à sa vue, en fait d'hommes, que des prêtres ou des moines. Mais à leur mort, les prétendants impatients se pressèrent à la porte de l'orpheline.

Alors pour se garder de succomber à un sort qui devait la déshonorer, Lénore résolut de s'aller enfermer dans l'un de ses nombreux châteaux. Là, gardée seulement par ses femmes, elle attendrait l'homme dont la renommée serait enfin digne d'elle, celui qu'elle pourrait sans honte aimer d'un amour éternel.

Cela toutefois ne se fit pas sans éveiller la jalousie d'un certain baron d'Ambert, qui était alors le seigneur le plus puissant, autant dire le plus violent, de la région. Il était inféodé au duc d'Aquitaine, qui lui avait accordé la main de Lénore, pourvu qu'il jurât de ne jamais tenir ni gouverner l'Auvergne qu'en son nom. Aussi avait-il appris sans joie la nouvelle de sa retraite et s'était-il aussitôt rué à sa poursuite, jurant de s'emparer d'elle et d'en faire son épouse, qu'elle y consentît ou non.

Ainsi donc, par une nuit glaciale, un équipage de femmes traversa-t-il en toute hâte les hauts plateaux, bravant la neige et la tempête, jusqu'à rallier l'ermitage de feu Saint Robert.

Là, l'une d'elles mit pied à terre et s'en alla frapper à la porte. Une voix faible, à peine audible, lui répondit d'entrer.

La dame aperçut alors un vieillard, allongé sur une paillasse, somnolant au coin d'un feu mourant. Chose étrange : le vieil homme ne semblait pas souffrir, malgré le froid et l'inconfort de sa couche, mais dégageait une assurance paisible et sereine – la douceur d'une âme, à vrai dire, qui s'apprêtait à s'éteindre. Pourtant il lui revint une étincelle de vie dans les yeux lorsqu'il aperçut la dame, et que celle-ci se découvrit. Il esquissa un sourire, remerciant Dieu dans son cœur de l'avoir rendu, par son grand âge, insensible aux tentations de la chair.

La visiteuse cependant s'était agenouillée près de lui et s'apprêtait à lui parler lorsque, levant la main d'un geste tremblant, il la devança en disant :

– Il est donc venu, ma fille, le jour où mon âme doit être appelée loin de ce monde. Et c'est au temps où toute force, toute ardeur abandonne mon corps, qu'il m'aura été donné de rencontrer l'infortunée que l'on nomme Lénore.

La dame, à ce nom, sursauta.

– Ainsi vous savez, mon père... Oui, infortunée, contrainte de fuir et de dissimuler ma fuite encore, ainsi que ma honte, dans les ténèbres de la nuit. Accordez-nous asile pour ce soir, mon père. Nos chevaux sont las, et la route est encore longue.

– Noble dame, reprit le vieillard, il n'est pas encore temps de faire halte, car celui qui te poursuit chevauche, lui, sans relâche. Il sera ici aux premiers feux de l'aurore.

Cette annonce mit Lénore au désespoir.

– Tout est donc perdu ! soupira-t-elle avec angoisse. À quoi nous servirait de fuir ? Ils auront tôt fait de rattraper la marche de nos pauvres haquenées...

Tankred alors lui prit la main, et répondit :

– Allons, mon enfant, remets ta foi dans le Seigneur, tout n'est pas encore perdu : il est, à travers la lande, un chemin... La neige effacera vos traces, et jamais d'Ambert ne pensera que vous avez pris la route du lac Pavin.

À l'évocation de ce lieu, ce fut d'effroi que Lénore se récria.

– Tu doutes encore, ma fille ? demanda le vieillard.

– Vous le savez, mon père, cet endroit est maudit...

– Eh bien, sourit l'autre, ne l'es-tu pas toi aussi ? Mais sois sans crainte, car voici pour toi le moyen d'échapper aux enchantements du Lac Pavin.

Ce disant, il lui montra une besace à ses côtés, où Lénore découvrit une croix : la croix d'or de Géraud. Elle voulut refuser, mais l'ermite ajouta :

– Allons ma fille, je suis bien près de la mort à présent, et d'Ambert bien proche d'ici. Prends cet objet avec toi. Tu sauras, le moment venu, le remettre à qui de droit. Mais va, je t'en prie, tu n'as que trop tardé !

Ainsi donc Lénore fit-elle ses adieux à Tankred et s'enfonça-t-elle à nouveau dans la tempête, accompagnée de ses femmes. Leur voyage fut rude, chaque pas ajoutant à leur épreuve. La neige, que déchaînait un vent cinglant, leur fouettait le visage. Enfin, brusquement leur apparut, au sommet d'une butte, la masse sombre des bois qui ceignaient le Lac Pavin. Lénore, quant à elle, serra la croix d'or dans ses mains...

Un calme étrange régnait dans la forêt. Pas même le bruit du vent qui sifflait au-dehors... Et lorsque les cavalières débuchèrent sur le lac, ce fut avec étonnement qu'elles le trouvèrent couronné d'un ciel parfaitement pur, tout pailleté d'étoiles.

Au loin, les grands arbres noirs. Partout ailleurs, le reflet sur la glace de la voûte céleste et de son semis d'or. Il régnait là un air de paix, de recueillement...

Seulement il y avait une présence, au milieu de ce désert, à peine un point : la statue d'un homme que l'on eût cru vivant, n'était de sa peau, de son corps, le miroitement bleuté.

Les femmes s'avancèrent... Bientôt la statue fut là, non loin d'elles, et Lénore sentit poindre en son cœur une envie qui se mêlait à sa frayeur. Elle fit arrêter ses compagnes et se dirigea seule vers l'homme de glace, jusqu'à pouvoir lire sur son visage la fureur de cet instant lointain où il avait brandi son épée, celle-là même qu'il tenait en vain depuis plus de deux cents années.

Pourtant il lui semblait discerner dans le regard de Géraud, par-delà la rage, une autre expression, faite de douleur et de détresse, comme s'il affleurait à la surface de ses yeux gelés les tourments d'un remord sans cesse ressassé. Attendrie alors, autant qu'impressionnée, elle effleura d'une main la joue de glace, puis baissant la tête fit à voix basse cette prière :

– De combien de souffrances, noble prince, auras-tu payé tes crimes... Combien de vies auras-tu passées ainsi, à contempler l'abîme ? Pourtant ne dit-on pas qu'un jour doit venir où, par une aube claire, tu sortiras de ton long sommeil ? Qu'alors ceux qui déchirent l'Auvergne trembleront devant toi et... Mais sauras-tu seulement te rappeler la complainte de Lénore ? Je suis maudite après tout, autant que toi.

Elle avait baisé la main de Géraud, comme en hommage, et de ses lèvres y avait déposé une larme. Cependant elle vit, en relevant les yeux vers le ciel, que déjà le matin s'annonçait... Il était temps pour elle de rejoindre ses femmes, et de reprendre son chemin.

⁂

Un homme s'éveille sur le lac. Son bras s'affaisse, qu'il retenait depuis tant d'années. Son cœur bat de nouveau...

Géraud est revenu à la vie.

Mais si son corps est libre, son esprit est absent. Que fait-il ici, quel est son nom ? Il n'a d'autre souvenir que celui d'un rêve, perdu au milieu d'un océan de douleur : la vision d'une femme, admirablement belle, lui caressant le visage, et dont les yeux brillent comme deux diamants dans la nuit. Qui est-elle donc, où la retrouver ? Seule cette idée l'obsède.

Bientôt cependant il prête l'oreille, regarde à ses pieds. Il lui semble entendre des cris, la rumeur d'une bataille dont l'écho se répand depuis les profondeurs gelées. Il y a, sous la surface du lac, une forêt d'âmes dont les lamentations résonnent en lui comme autant de reproches ; et chacun de ces cris, chacune de ces plaintes alimente en lui une souffrance diffuse.

Pourtant qui sont ces malheureux ? Quel est cet endroit maudit ? Il serait bien en peine de le dire.

« Retrouver cette femme », pensa-t-il à nouveau, et le voilà qui se mit en marche, se dirigeant au hasard à travers les hauts plateaux.

Il s'écoula de longs jours sans que dans son errance il rencontrât âme qui vive. La lande était déserte, battue seulement par les vents. Les hameaux étaient en ruine, leurs maisons abandonnées. Où étaient passés les habitants ?

Géraud, si fier autrefois, en fut bientôt réduit au dernier degré de la misère et de l'avilissement. Il avait froid, il avait faim. Devant son air hagard, son regard égaré, les rares paysans qu'il croisait s'écartaient de son passage, le prenant pour un fou.

Et chaque nuit qu'il passait ainsi dehors, sur une couche d'herbe ou dans un fossé, il revoyait en rêve la horde des Auvergnats, soldats fantômes qui le poursuivaient de leurs reproches. Il en fut ainsi autant de jours, autant de nuits que l'on avait compté d'années depuis la bataille sur le lac, et la déchéance de l'Auvergne.

Or donc ce matin-là, Géraud s'éveilla dans quelque bourg dévasté, face aux vestiges de ce qui avait dû être jadis un splendide palais. La vision de ces ruines redoubla l'impression de tristesse que lui causait, chaque matin, le souvenir encore vif de ses rêves accoutumés. Il se leva pourtant, et s'approchant des décombres, voici ce qu'il découvrit : une troupe de paysans en guenilles, les femmes montées sur un char à bœufs, les hommes allant à pied.

Le petit groupe semblait s'éloigner du village. Géraud leur ayant demandé où ils se rendaient, l'un d'eux, rachitique et voûté, lui répondit :

– Nous nous rendons auprès de l'évêque de Clermont, qui doit tenir ces jours-ci une assemblée de paix. Puisse-t-il nous accorder sa protection ! Car pour ce qui est d'ici, il n'y a plus rien que nous puissions en tirer. Voyez donc, tous les autres avant nous sont déjà partis.

– Pourquoi donc ont-ils fui ? demanda Géraud. N'avez-vous pas un seigneur pour vous protéger ?

L'autre, à ces questions étranges, le dévisagea, ne sachant d'abord que dire. Enfin, montrant les ruines il répondit :

– Un seigneur, dites-vous ? Voilà bien longtemps que de nos maîtres, les sires de Montclard, le nom est tombé dans l'oubli, et les palais sont en ruine... Non, la contrée entière à présent est la proie du cruel baron d'Ambert, dont les chevaliers n'ont de cesse que de piller et de rançonner. C'est lui que nous fuyons, et vous seriez sage d'en faire autant.

Ayant ainsi parlé, l'homme rejoignit son cortège, laissant Géraud à sa méditation. Le nom de Montclard en effet l'avait ramené à sa tristesse, sans qu'il pût en comprendre la raison. Il y avait un long moment déjà qu'il était abîmé dans ses pensées, lorsqu'il entendit le bruit d'une cavalcade.

Il se retourna, et aperçut une troupe de chevaliers qui approchaient au galop. Lorsqu'ils eurent fait cercle autour de lui, leurs chevaux piaffant et piétinant le sol nerveusement, l'un d'eux s'avança qui portait un écu tout de gueules et parla d'un ton rogue :

– Où sont donc partis tous ces gueux ? Réponds, chevalier errant, car tu les as vus, je n'en doute pas.

Géraud le toisa d'un air fier.

– Que t'importe, répondit-il, et que leur veux-tu ? Sont-ils de tes gens ?

L'autre se cabra devant tant d'impertinence.

– Le nom, dit-il, de celui qui ose me défier ?

Cette question, contre toute attente, sembla plonger Géraud dans un abîme de perplexité.

– Chevalier, reprit-il après un temps de silence, je ne puis te dire mon nom.

Ce qu'entendant, l'homme aux armes sanglantes crut étouffer de rage.

– Eh bien, soit ! éructa-t-il. Tu apprendras du moins, chevalier sans nom, à connaître celui du baron d'Ambert !

Ayant ainsi parlé, il lança son cheval contre son adversaire, et ses compagnons en firent autant à sa suite, frappant du tranchant de leurs lames, faisant pleuvoir de leurs montures les ruades. Géraud, lui, n'était pas monté ; outre cela il était harassé par la marche et le jeûne... Comment eût-il pu résister ?

Les assaillants, dans leur furie, firent si bien qu'ils le laissèrent pour mort avant de se retirer dans le même fracas que celui qui avait annoncé leur venue.

⁂

De nouveau le réveil. Au-dessus de lui, une religieuse était penchée dont le voile, déplacé par le labeur, laissait deviner les boucles blondes. Cela, son air pur et son visage d'ange firent à nouveau sur Géraud cette impression nostalgique qu'il avait ressentie naguère, sans parvenir à se l'expliquer. Lorsqu'il eut quelque peu repris ses esprits, il s'en ouvrit à la jeune infirmière en lui demandant :

– Où donc, ma sœur, vous ai-je déjà vue ?

La religieuse, croyant chez le malade aux prolongations de la fièvre, lui répondit avec bienveillance :

– Allons, messire, c'était il y a trois jours à peine, lorsqu'on vous porta à notre hospice.

Mais tandis qu'elle s'affairait autour de sa couche, Géraud ne pouvait s'empêcher de la contempler. À voir son teint rose, ses yeux pleins de douceur, il sentait se renforcer la tristesse qu'elle lui inspirait.

Après quelques instants de silence, il lui fallut assouvir sa curiosité.

– Mes questions vous importunent, dit-il, je le sens bien. Pourtant il en est une dont je ne peux me déprendre, et qu'il faut me pardonner de vous poser. Comment se fait-il qu'une demoiselle de si grande beauté et, si j'en juge par vos manières, de si noble naissance, ait pris le voile et se soit fait nonne, n'ayant pas même vingt ans ?

Insensiblement, elle avait rougi, et son regard s'était voilé.

– Sûrement, dit-elle, vous voulez vous moquer.

– Non pas, ma sœur, non pas, je vous l'assure.

– Apprenez donc que c'est le cœur des hommes qui, m'ayant déçue, m'a poussée dans les bras de Dieu. L'un de vous m'a trahie, le Ciel a recueilli mes vœux.

Il n'y avait à cela rien à ajouter. Mais d'où venait que Géraud se sentait lié au chagrin de la belle religieuse ? Il en était là de ses réflexions, et du reste s'apprêtait à reprendre la route à présent qu'il était guéri, lorsque la demoiselle ajouta :

– Avant de partir, messire, daignez rendre visite à notre évêque. Son Excellence séjourne en effet en ces lieux, et me fait dire qu'elle souhaite vous parler.

Géraud s'inclina.

– Certainement, dit-il.

Et la remerciant de ses soins, il se fit conduire par un chanoine auprès d'Étienne, évêque de Clermont. Celui-ci, voyant entrer le blessé, attacha sur lui un regard pénétrant.

Il dit :

– Soyez le bienvenu, messire. Je vois avec plaisir que nos sœurs ont pris grand soin de vous.

– Oui, Monseigneur, répondit Géraud. Qu'elles en soient remerciées.

– Certes, messire, elles le seront, repartit l'évêque. Toutefois, durant les accès de votre fièvre, il m'a été rapporté qu'à mainte reprise, vous auriez réclamé de voir certaine dame, laquelle à certains indices il se peut que j'aie reconnue. Daignerez-vous m'instruire, mon fils, et me dire qui la cherche, et pour quelle raison ?

Géraud était soudainement devenu rêveur.

– La femme aux yeux de diamants, reprit-il. Elle avait, oui, cela me revient à présent, elle portait une croix d'or entre ses mains...

Et, spontanément, il porta la main à son cou. L'évêque fronça le sourcil.

– Allons, messire, poursuivit-il, vous ne m'avez toujours pas dit votre nom.

Cette question sembla tirer Géraud de sa torpeur. Il répondit :

– Cela pour une bonne raison, Monseigneur, qui est que je l'ignore absolument. Tout ce que je sais de moi-même est ceci : que je me suis éveillé sur un lac – combien de temps suis-je resté endormi ? –, que ce lac est hanté, et que moi-même une vision me hante : celle de cette femme, dont le visage est mon unique souvenir, et la recherche mon unique pensée.

À cet étrange récit, l'évêque à son tour garda le silence un instant. « Si cet homme, se disait-il, est celui que je crois, revenu du fond des âges, alors l'heure a sonné du salut de l'Auvergne et de la rémission de Lénore, car il délivrera l'une et l'autre de l'ennemi qui les tourmente. »

Puis il parla comme il suit :

– Mon ami, la femme que vous cherchez est bien connue de moi, ainsi que de toute la contrée, car elle en est le joyau le plus convoité. Elle a pour nom Lénore de Beauregard, est de noble ascendance et la plus belle demoiselle de la terre. Tous les gentilshommes de la province s'affrontent pour sa possession. Pourtant elle est affligée d'un sort infâmant, qui en dépit de sa vertu la pousserait à s'offrir au premier d'entre eux qui se présenterait à sa vue. Pour y échapper, rassemblant son courage elle a pris la fuite, nuitamment, accompagnée seulement d'une compagnie de femmes, et l'on prétend qu'elle s'est murée dans l'un de ses châteaux, lequel depuis lors tous ses prétendants recherchent assidûment.

« Où se trouve ce château ? Voilà ce que je suis bien incapable de vous dire. L'Auvergne est vaste, et nombreux sont ses cantons où l'Église est aveugle, car l'autorité du roi, notre seigneur, s'y trouve bafouée par le moindre baron. Du reste c'est en vain que j'ai moi-même tenté d'approcher la demoiselle, de la faire venir à Clermont, où elle se fût trouvée sous ma garde. Elle m'a refusé, sachez-le, n'ayant peut-être pas confiance dans les maigres forces de ma garnison. Ainsi donc, je vous le redemande, chevalier, que comptez-vous faire de Lénore, si d'aventure vous découvrez sa retraite ? »

– Par ma foi, répondit Géraud, si je la retrouve il ne dépendra pas de moi qu'elle ne soit libérée de son sort. Aussi soyez loué de votre aide, car je sais à présent qui je cherche, dussé-je la chercher à travers tout le royaume.

Étienne, se trouvant content de cette réponse, souhaita bonne chance à Géraud, lui offrant même une monture et des armes afin qu'il pût reprendre sa quête. Mais comme ils allaient se séparer, le chevalier, se retournant, lui demanda :

– Un mot encore, Monseigneur, un nom : celui de Montclard, que l'on m'a dit l'autre jour. Que savez-vous de lui ?

L'évêque, à ces mots, le regarda d'un œil grave. Il parut méditer quelque temps sa réponse, puis repartit :

– Je m'étonne fort, messire, que vous ignoriez ce nom. Apprenez qu'il fut jadis celui de la maison d'Auvergne, dont le dernier prince, qui était né pour devenir le plus grand de tous, par son orgueil causa la chute, et tous les malheurs qui depuis lors accablent son peuple.

Ayant ainsi parlé, ce ne fut pas sans une imperceptible satisfaction que le saint homme vit le regard de Géraud se voiler, tandis que celui-ci répliquait :

– Ses fautes durent être bien grandes en effet, s'il faut en juger par l'indigence qui frappe à présent ses États. Partout je n'y ai vu que misère et dénuement... Mais grand merci, Monseigneur, puissent vos prières me guider vers le château de Lénore !

Sur ces entrefaites, Géraud s'inclina et quitta la compagnie de l'évêque.

Il poursuivit son chemin plusieurs jours durant, sans qu'il s'en trouvât plus avancé. Enfin il rencontra une bohémienne qui allait, seule, par un chemin de traverse. À son teint mat, à sa chevelure abondante et sombre, il ressentit à nouveau cette nostalgie dont la source, enfouie dans sa mémoire, se dérobait à lui.

– Beau sire, lui dit la bohémienne, la nuit ne sera pas longue à tomber. Hélas ! voyez où elle va me surprendre : ce chemin n'est pas sûr, et je sais deux chevaliers perfides qui sont à ma poursuite... Ils auront tôt fait de retrouver ma trace... Alors malheur à moi ! Aussi je vous en conjure, restez avec moi jusqu'à ce qu'ils se montrent, je suis bien sûre que par votre seule présence vous saurez les dissuader.

– Ce que tu me demandes, répondit Géraud, je ne saurais le refuser.

Et il mit pied à terre.

Le soleil en effet ne tarda guère à se coucher. Au pied d'un arbre, la jeune fille avait allumé un feu, et dans l'ombre jetée par les flammes, Géraud ne se lassait pas de l'observer. Sa taille était souple, que laissaient voir ses longs cheveux déliés. Elle avait un air malicieux, le regard effronté. Lorsque prétextant du froid elle vint se blottir contre lui, l'envie le prit, comme avec la religieuse naguère, de lui demander où il avait bien pu la rencontrer, tant tout en elle, ses traits, sa voix, son allure, lui remettaient en mémoire de vagues et douloureux souvenirs. Mais l'habile créature, à force de caresses, fit si bien qu'il oublia ce souci, et bientôt ses lèvres n'eurent plus le loisir de proférer aucune parole.

Le lendemain, à l'aube, Géraud se leva préoccupé du retard que pouvait avoir pris sa quête. Se rappelant sa promesse et les dangers qui menaçaient la jeune bohémienne, laquelle dormait encore à ses côtés, il eut tôt fait pourtant de les balayer : « La pauvre enfant se sera inventé des périls, ou ses poursuivants l'auront oubliée. Et puis voilà désormais que la nuit est passée, ses alarmes se seront envolées avec elle. » Ainsi donc il s'éclipsa sans mot dire, et repartit à la recherche de Lénore.

Vers le mitan de la journée, il se sentit las de chevaucher ; et comme il se trouvait là une fontaine, descendant de sa monture il se coucha, la tête appuyée sur la margelle.

Le sommeil cependant ne lui fut d'aucun repos : il se voyait en rêve aux côtés d'une femme qui, la peau sombre et les cheveux d'ébène, se répandait en d'interminables sanglots. Était-ce la bohémienne ? Était-ce une autre femme, inconnue de lui mais dont il croyait néanmoins reconnaître les plaintes ?

Qui qu'elle fût, sa tristesse était faite pour déchirer le cœur le plus dur, et sans qu'il sût pourquoi, Géraud ne pouvait se tromper sur la part qu'il devait prendre à la cause de ses chagrins.

Aussi lorsqu'il se réveilla, son premier mouvement fut-il le remords d'avoir abandonné la jolie bohémienne à son sort : « Ses ennemis l'auront retrouvée, pensa-t-il, et par ma faute auront donné libre cours à leur cruauté. ». Il se remit donc en selle et rebroussa chemin, fouettant sa monture, chevauchant aussi vite qu'il le put.

Le destin voulut qu'il arrivât au moment où les deux chevaliers, eux-mêmes à peine survenus, commençaient de malmener la pauvre fille.

– Allons bon, catin ! criaient-ils, donne-nous ton or, que sûrement tu as volé à de bons chrétiens !

Ils l'auraient battue à mort, si Géraud ne s'était interposé. Se ruant sur les assaillants, il eut tôt fait de les mettre en déroute. Puis il descendit de sa monture, et alla vers la bohémienne en disant avec douceur :

– Pardonne-moi, mon enfant, pardonne-moi un moment d'égarement... Mais te voilà sauve à présent. Sèche donc tes larmes, et me laisse retourner à ma quête.

Il allait se remettre en selle lorsqu'elle l'interpella en disant :

– Beau chevalier, donne-moi ta main un instant.

Puis, ouvrant la paume de Géraud, elle en parcourut du bout du doigt les sillons, avant d'ajouter :

– Je te dois la vie, seigneur. Aussi souffre de ma part un conseil : suis la route qu'ont empruntée ces deux chevaliers, ceux dont justement tu m'as délivrée. Car ils appartiennent à ton ennemi, lequel se trouve bien près désormais de la dame que tu cherches...

Géraud, à ces mots, ne se fit pas prier ; et tout en remerciant la bohémienne, il lança son cheval au galop. Le soleil était sur le point de se coucher lorsque, débouchant d'un bois qui dominait la plaine, il aperçut une forteresse en contrebas. À son donjon ne flottait nulle bannière, à ses créneaux ne se pressait aucun défenseur. Pourtant au pied des murailles une armée de siège était disposée, avec en son centre une tente, plus fastueuse que les autres, dont le sommet arborait un étendard orné de la couronne ducale.

– Ainsi donc, pensa Géraud, la meute a cerné sa proie.

Il se tapit dans l'ombre, et attendit que fût pleinement tombée la nuit.

Le lendemain à l'aube, les assiégeants découvrirent un chevalier campé devant la porte du château, comme pour la garder contre tout passage. Il se fit un attroupement autour de lui, puis une voix, sortie du rang, l'interpella :

– Hé là, chevalier félon, par ma foi, tu n'es pas des nôtres ! Que fais-tu là ?

C'était le baron d'Ambert qui s'avançait en personne. Géraud, impavide, lui répondit :

– Je défends celle que tu assièges. Quiconque voudra prendre ce château devra d'abord se défaire de moi.

– Ah ! s'écria l'autre, voilà qui sera chose facile.

Et abaissant sa lance, il se rua sur Géraud. Celui-ci en fit autant, le fit si bien qu'il renversa son adversaire. D'Ambert fut désarçonné, mais non pas tué ; aussi réclama-t-il que le duel se poursuivît à l'épée. Géraud descendit de sa monture à son tour, et avec la même fortune reprit le combat. Bientôt son ennemi gisait à terre, mort cette fois pour de bon.

Ce que voyant, ses hommes déferlèrent à leur tour sur le vainqueur. Celui-ci extermina les premiers qui se présentèrent devant lui, repoussa les suivants, assénant des coups terribles dont plus d'un ne se releva pas. Il fit de la sorte un si grand carnage que la troupe s'en trouva décimée. Pourtant que peut un homme contre plus de cent ? Il avait beau frapper, un nouvel assaillant surgissait toujours devant lui. Aussi commença-t-il de reculer, d'essuyer des coups à son tour, tant le flot de ses adversaires allait grossissant...

Voilà Géraud harassé, criblé de blessures. Son écu est en morceaux. Le sang coule en abondance à travers son haubert lacéré. Combien sont morts, parmi ses ennemis ? Pourtant c'est bien lui désormais qui fléchit. Son regard se voile. Son genou a ployé. La mort ne peut plus guère tarder...

Mais ce fut en vain qu'il l'attendit.

Un grincement s'était fait entendre en effet dans son dos : les portes du château s'ouvrirent, et une femme en sortit. Elle montait une jument à la robe pommelée, et du fond de l'ombre que projetait un voile sur son visage, ses yeux brillaient comme deux diamants dans la nuit. Elle était si belle en vérité, sa démarche si solennelle, que les soldats s'éloignaient en reculant tandis que, silencieuse, elle s'avançait vers le chevalier mourant. Lorsqu'elle fut parvenue à sa hauteur, elle mit pied à terre, et Géraud esquissa un faible sourire en reconnaissant celle que jusqu'alors il n'avait vue qu'en souvenir.

Lénore s'agenouilla à ses côtés, et lui prenant la main dit d'une voix émue :

– Ainsi donc, seigneur, tu es venu... Géraud, hélas ! noble prince, tu n'as que trop souffert pour me défendre. Je me rends à mes persécuteurs, pourvu qu'ils te laissent la vie.

Avant toutefois de se relever, elle lui tendit la croix d'or que Tankred avait confiée naguère à ses soins.

– Daigne seulement, ajouta-t-elle, accepter ce présent de ma part. Puisse-t-il te porter bonheur, comme jusqu'à ce jour il a su préserver le mien !

Or à peine Géraud avait-il reçu le crucifix entre ses mains qu'une lueur nouvelle s'alluma dans ses yeux. Il murmura :

– Géraud, as-tu dit... Voilà bien longtemps que nul ne m'avait appelé de ce nom...

Puis, s'appuyant sur son épée, il se releva à grand peine avant de promener à la ronde un regard qui soudain paraissait changé. Lui-même semblait émerger d'une pesante torpeur, comme on retrouve ses esprits, peu à peu, au sortir d'un rêve.

– Oui, je me souviens, reprit-il... La bataille et le gouffre, le lac... Mais qu'ils furent longs, les mois de l'hiver, et combien les siècles ont passé lentement !

Enfin tournant les yeux vers Lénore, et s'y arrêtant, sa voix tandis qu'il prononçait ces paroles retrouva son ardeur d'antan :

– La voici donc, dit-il, celle dont les larmes m'ont rendu à la vie ! Et tu voudrais que je t'abandonne, après t'avoir tant cherchée ? Non... À quoi dès lors m'aura servi de voir tout le mal que j'ai causé – la ruine de l'Auvergne, le chagrin de celles qui m'ont aimé ? Non... je serai mort, ou cela ne sera pas. Qu'ils viennent, Lénore, ceux qui voudront te ravir à moi ! Me défie parmi eux qui voudra, m'achève qui pourra !

Il avait brandi son épée de nouveau, et les soldats attroupés devant lui, malgré ses blessures, malgré leur courage, avaient par instinct reculé d'un pas.

Ce fut alors qu'une voix se fit entendre, mélange de hauteur et d'ironie :

– Allons, allons, est-il bien nécessaire d'en arriver là ?

Un homme en habits de cour avait fendu la foule des armées. Les soldats sur son passage s'inclinaient avec déférence. Se présentant face à Géraud, l'homme poursuivit :

– Trop de sang a déjà été versé en ce jour. Sera-t-il dit que Guillaume, duc d'Aquitaine, ne sait pas récompenser la bravoure ? Allons, mes intrépides soldats, c'est moi qui vous l'ordonne : abaissez vos lances, rengainez vos épées. Quant à vous, messire, ajouta-t-il en se tournant vers Géraud, de grâce déposez les armes. Le seigneur d'Ambert est mort, eh bien ! que ne prenez-vous sa place ? Vous voyez que je ne veux pas vous nuire : je vous offre l'Auvergne et la main de sa plus belle héritière, pourvu seulement que vous me prêtiez allégeance. La province est à vous, si vous devenez mon vassal.

Lénore, en entendant ce discours, s'était tournée vers Géraud, lui adressant un regard qui le suppliait d'accepter, tant elle craignait pour sa vie si d'aventure il devait reprendre le combat. Il lui sourit en retour et lui, l'indomptable, l'orgueilleux, répondit au duc ce qu'il suit :

– Il sera fait, Guillaume, ainsi que tu l'as dit. Je n'y mets qu'une condition : il est un lac non loin d'ici, lieu de mystère et de vénération depuis bien des siècles pour mon peuple. C'est en cet endroit, et en nul autre, que pareil serment doit être prononcé. Sur le Lac Pavin nous nous rendrons en effet et, là, le vainqueur obtiendra l'allégeance du vaincu.

Le duc était veule et redoutait, le seigneur d'Ambert à présent décédé, de devoir conquérir par lui-même ce que sa fortune à meilleur prix pouvait lui procurer. Aussi reprit-il avec entrain, trop content de voir son offre si vite acceptée :

– Allons, c'est entendu.

Et la troupe entière de s'ébranler pour prendre la direction du lac.

Le vent, tout au long du chemin, ne cessa pas de les accompagner, battant le plateau, les poussant en avant comme pour les hâter. Puis il y eut, dans les bois, ces présences encore qui, bien qu'invisibles, paraissaient néanmoins guetter leurs pas... Enfin ce fut le lac.

Là, les soldats avaient fait halte, observant avec crainte, sous la glace qui s'étendait devant eux, les ombres mouvantes dont les formes leur semblaient si vives qu'ils n'osaient les prendre pour des reflets inanimés. Guillaume s'était arrêté, lui aussi.

Géraud, quant à lui, soutenu par Lénore, s'avançait déjà sur le lac. Se retournant, il lança au duc un regard qui voulait dire : « Souhaitez-vous renoncer ? ». Le duc le perçut, et malgré son hésitation s'aventura à leur suite.

– Quel est cet endroit, murmura-t-il, et quels sont ces spectres qui dansent sous nos pieds ?

Géraud répondit d'un air sombre :

– Des âmes innocentes... Tout un peuple que la folie de son chef a condamné.

Et ce disant, il se laissa choir à genoux sur la glace.

– Hélas ! reprit-il, mes bons Auvergnats, je vous reconnais à présent – oui, chacun de vous dont l'esprit erre depuis des siècles parmi les eaux profondes... Saurez-vous jamais me pardonner ? Allons, mes braves soldats, le temps est venu de vous rendre la liberté. Puisse le Ciel m'entendre et faire fondre les murs de votre prison gelée !

Il avait versé une larme, laquelle était venue se briser sur la surface. Et comme le duc s'approchait, croyant venu le moment de l'hommage, Géraud se redressa, le repoussant d'un geste impérieux.

– Que fais-tu, malheureux ? tonna-t-il.

Alors Guillaume, regardant alentour d'un air ébahi, vit la glace se dérober, le sol se défaire sous ses pieds ; et devant ses hommes terrifiés, de la débâcle il surgit une autre armée, innombrable et déchaînée : voilà qu'après tant de siècles à demeurer sous le lac endormis, les Auvergnats de nouveau se levaient, de nouveau répondaient à l'appel de Géraud !

Leur fureur fut telle que les Aquitains ne tardèrent pas à se débander. Le duc, quant à lui, fut sauvé des eaux par Géraud lui-même, au moment où il allait s'y abîmer.

– En d'autres temps, déclara-t-il, je n'aurais pas eu pour toi de pitié. Pourtant je t'offre aujourd'hui de conserver la vie, pourvu que tu sois mon prisonnier, et qu'en habit de pénitent tu te rendes à Clermont, y faire ta soumission à l'évêque, au nom du roi. Tu lui diras en outre ceci : que l'Auvergne, après bien des années, a retrouvé son maître, et que Géraud de Montclard la remet, ainsi que sa personne et toute sa maison, sous l'autorité de Sa Majesté.

Ainsi le duc rebelle fut-il envoyé à Clermont, sous bonne escorte et l'esprit, à vrai dire, à demi égaré.

Quelques jours plus tard, le mariage de Lénore et de Géraud fut célébré dans la liesse, en la chapelle de certain ermitage, perché sur le col de la Croix Saint-Robert.

Là, dit la légende, au milieu des hauts plateaux demeura la croix d'or des Montclard, tant que dura le règne de Géraud. Celui-ci devait couvrir de nombreuses années, au cours desquelles il fut rendu à l'Auvergne la paix, le bonheur et la prospérité.

Il en alla de même pour Lénore, qui avait enfin trouvé en Géraud le remède au mal dont elle avait si longtemps été accablée.

Et lorsqu'à la fin d'une existence entamée plusieurs siècles auparavant, le comte sentit ses forces enfin l'abandonner, embrassant son épouse il alla se coucher sur les bords du lac qui avait été sa prison jadis, et dont les eaux désormais libérées devaient à jamais lui tenir lieu de tombeau.

Gautier le maudit

Il y avait dans le royaume un comte fort preux, et prisé de tous. Le roi lui-même le tenait haut dans son estime, et l'honorait plus que tout autre. Mais le comte, hélas ! vint à mourir, ainsi que son épouse, laissant leur unique fils orphelin.

En souvenir de l'amitié qu'il avait eue pour son père, le roi recueillit l'enfant et le fit baptiser du nom de Gautier, de même avant lui que tous ceux de son lignage. Il l'éleva et le chérit à l'égal de son propre fils, le prince héritier. Celui-ci, du reste, adopta Gautier sans plus de peine, et fut pour lui comme un frère. Les deux jeunes gens étaient inséparables et devinrent avec l'âge chevaliers si renommés que chacun louait leurs prouesses.

Le roi cependant avait eu de son épouse un autre enfant : une fille, prénommée Hélène en raison de tous les signes qu'elle donnait de devoir être un jour de la plus parfaite beauté.

Le prince et le jeune comte furent au temps de l'enfance les premiers compagnons de ses jeux ; puis la princesse entra dans l'âge où l'éducation des demoiselles doit se parfaire loin des remous de la cour. Elle fut donc remise pour quelques années aux bons soins de religieuses des environs. À son retour, elle n'était plus une enfant, mais la jeune fille la plus belle du royaume assurément.

Ce fut en ce temps-là qu'en revenant d'une partie de chasse, Gautier parvint un beau jour sur les bords d'un étang, où l'envie le prit de se baigner.

Il avait déposé ses habits et pénétré dans l'eau claire, lorsqu'il s'avisa d'une autre présence dans le lac, derrière un grand saule qui trempait là ses rameaux. Pensant d'abord à quelque cygne ou gibier d'eau, il s'approcha en silence, se dissimulant de son mieux dans les roseaux. Or voilà que s'offrit à ses regards la plus belle créature sur laquelle il eût jamais porté les yeux : sa peau était d'ivoire, et ses longs cheveux, d'ébène ; elle se croyait seule et se baignait sans crainte, le corps à peine voilé par un drap de lin. Gautier, tout à son émerveillement, serait resté bien des heures à la contempler, s'il ne se fût produit par hasard un bruit dans l'étang.

La baigneuse, apeurée, se retourna brusquement et découvrit l'importun, qui dans son trouble s'était redressé. Tous deux un instant se figèrent, demeurant comme interdits, car Gautier avait reconnu Hélène, et la princesse avait reconnu le comte. Mais lorsque, sortant de sa stupeur, celui-ci esquissa un geste, la princesse rougit tout d'un coup, et prit la fuite. Ainsi le jeune homme demeura seul dans l'étang, sous le charme encore un long moment de ce qu'il n'avait qu'aperçu, mais brûlait déjà de revoir. Il avait beau se raisonner : c'était presque sa sœur assurément, il l'avait connue tout enfant... mais comme elle paraissait changée, et si belle à présent ! Gautier depuis ce jour n'a qu'une pensée en tête, qu'un sentiment : il aime Hélène et doit se faire aimer d'elle.

La princesse tout d'abord reste sourde à des avances que sa pudeur lui défend d'accepter. Peu à peu cependant, ses refus se font moins fermes, et ses regards plus languissants ; car depuis leur entrevue dans l'étang, elle a dans le cœur le même désir en secret que celui qui soupire à ses pieds. C'est donc en vain qu'elle a repoussé son amant, jusqu'à ce que vaincue par sa tendre insistance, elle lui accorde un entretien, une nuit, au palais.

Hélas ! pareils émois peuvent-ils rester longtemps sans témoins ? L'on conçut des soupçons, et l'on avertit le prince. Celui-ci d'abord ne voulut pas y prêter foi. Quoi ! sa propre sœur, et celui qu'il regardait comme son frère ? L'inquiétude le gagna néanmoins, si bien que lorsqu'on lui annonça : « Ils seront dans la tour ce soir. », il répondit :

– Eh bien, soit. Nous verrons bien.

Il se tapit dans l'ombre et attendit.

La nuit était à peine tombée en effet qu'il vit un homme entrer dans la pièce. Il s'écoula quelques instants, que l'inconnu passa en faisant les cent pas, pour tromper son impatience. Puis la porte à nouveau grinça, et dans l'embrasure apparut la silhouette d'une femme. D'abord elle fut hésitante. Il y eut ensuite des soupirs, des paroles chuchotées que le prince ne comprenait pas.

Enfin elle se laissa enlacer, et fit en un murmure cet aveu :

– Hélène est à toi.

D'un bond, le prince fut hors de sa cachette.

– Traître ! rugit-il, toi qui oses profaner mon sang ici, dans ma maison, dis-moi avant de mourir quel est ton nom !

La princesse voulut s'interposer, mais l'ombre de son amant la repoussa doucement.

– Mon frère, dit-il, tu m'as reconnu.

Le prince dès lors ne se posséda plus.

Il dégaina son épée et chargea celui qu'hier encore il regardait comme son frère. Le comte voulut d'abord éviter le combat, mais son adversaire était par trop redoutable. Tout en tentant de le raisonner, il dut se résoudre à riposter, et bientôt leur joute acharnée fit entendre sous les voûtes endormies l'écho de ses chocs et de leurs cris.

Soudain, au milieu de la lutte un coup retentit, plus terrible encore que les autres. Le prince s'écroula en un râle...

Gautier accourut à son aide, mais il était déjà trop tard. À peine put-il recueillir sur les lèvres du mourant ces paroles :

– Il est maudit, celui qui verse le sang d'un être cher ! Aussi écoute la prophétie de ton frère qui se meurt : tant que tu vivras, aucun de tes ennemis ne te résistera, c'est entendu... mais prends-y garde, pour chacun d'entre eux que tu tueras, l'un de ceux que tu aimes perdra la vie.

Ainsi sous les yeux de Gautier son propre frère expire... Il est mort de sa main.

Les bruits de bataille ont fait place aux pleurs et au désespoir. La princesse, le regard plein d'horreur, est proche de s'évanouir, et sanglote en un coin. L'a-t-elle déjà compris ? Elle a perdu pour toujours et son frère et son amant...

Cependant voilà qu'accourent la reine et le roi, alertés par le tumulte. En découvrant la scène, ils se révulsent, mais ont tôt fait de comprendre. Le roi ordonne que l'on se saisisse du meurtrier. Deux gardes s'avancent. Gautier, tout à sa douleur encore, s'oublie et se défend, au lieu de se soumettre. D'un coup d'épée il a mis les soldats à terre.

Hélas ! ne l'a-t-il déjà compris ? La malédiction désormais frappe avec lui. De ce seul coup, en même temps que les gardes, il a tué la reine et le roi...

Hagard, hébété devant son crime, il veut se tourner vers la princesse, mais celle-ci le repousse, épouvantée. Alors, fou de douleur, le comte s'enfuit. Il enfourche son cheval et, sous les premières lueurs de l'aube, s'élance hors du château. Mais voici que le suit dans le ciel le grondement de l'orage, et les habitants de la ville se signent, apeurés, sur son passage ; car comme il chevauche vers le lointain, on dirait que c'est tout l'enfer qu'il entraîne avec lui.

⁂

Bien des années ont passé. Gautier ne connaît plus d'autre sentiment que l'amertume et le désespoir. Il s'est retiré sur ses terres et, là, gouverne en maître inflexible et froid.

Sa justice est féroce, ses gens le craignent. Il n'a quant à lui qu'un seul souci dans le cœur : ne se faire aimer ni ne s'éprendre de personne, car il sait à présent quel sort le destin réserve à ceux qui lui sont chers.

Aussi bien, sa réputation en tous lieux le précède, et ses ennemis le fuient. Il est le chevalier invincible, l'implacable, le Maudit.

Un beau jour cependant, il vint en son château une ambassade, entièrement composée de femmes.

– C'est la reine Hélène, dirent-elles, qui nous envoie.

À ce nom, le comte tressaillit.

– Parlez, dit-il.

Les femmes reprirent :

– Trois frères ont juré de s'emparer de son royaume. Trois renégats qui déjà s'apprêtent à assiéger la ville. Pourtant nul ne se dresse pour la défendre, car ces trois frères sont réputés être les meilleurs chevaliers de la terre. On dit de l'un qu'il est le plus fort, de l'autre le plus fourbe, le troisième enfin est le plus vif, de sorte qu'aucune armée ne leur a jamais résisté.

– Eh bien, répondit Gautier, qu'attendez-vous de moi ?

L'une des femmes alors s'avança :

– Que tu secoures la reine, dit-elle, que tu défendes celle que tous abandonnent. Car tu fus en ton temps un chevalier plein de bravoure, dont la renommée ne connaissait pas de frontières.

Pareille requête affligea profondément le comte.

– Je regrette, répondit-il, je ne puis satisfaire votre demande. Car si je défends la reine, en dépit de moi, par ma propre main elle périra.

Les femmes insistèrent, firent appel à son honneur, à son courage ; mais lui, la mort dans l'âme, s'obstina dans son refus, avant de mettre fin à l'audience et de se retirer dans ses appartements. Il y était encore lorsqu'à la nuit venue, une femme de l'ambassade se fit annoncer à sa porte.

On la fit entrer.

Alors la dame se dévoila... et le comte blêmit en reconnaissant Hélène. Celle-ci s'approcha doucement et, rompant au bout d'un instant le silence :

– Ainsi donc il ne me défendra pas, dit-elle, celui que nul ne peut vaincre...

Gautier soupira.

– Tu en mourrais, dit-il.

– Allons, reprit la reine, ne l'as-tu déjà compris ? Ces trois frères qui m'assaillent, c'est à ma main qu'ils en veulent, car tous trois m'aiment et me désirent ; mais n'ayant pu accorder leurs ardeurs, ils ont résolu de se partager celle qui malgré elle les inspire. Voici donc quel est leur hideux projet, que je sois au fil des saisons l'épouse tour à tour de chacun d'eux, et l'esclave de leur plaisir.

Puis elle attacha sur le comte un regard plein de tristesse et de fermeté, cependant qu'elle ajoutait :

– J'aime autant mourir, puisque c'est le choix qui m'est offert.

Le comte, en entendant ces mots, voulut esquisser un geste, lui prendre la main ; ce que voyant, Hélène en baissant les yeux recula d'un pas. Il y eut un silence à nouveau.

Lui demeurait immobile, abîmé dans d'amères pensées. Elle, résignée, avait remis ses voiles et s'apprêtait à partir.

Ce fut alors que Gautier d'une voix lugubre répondit :

– Sois tranquille à présent, et retourne en paix dans la ville. Que là-bas chacun le sache : Gautier le

Maudit ne te laissera pas sans secours. Seulement prends garde à une chose : qu'il ne se trouve personne, ni soldat ni guet, dans la tour où nous nous retrouvâmes autrefois, et qui protège l'entrée du palais.

Hélène s'était arrêtée. Il se peignit dans ses yeux comme un regret – à peine une ombre, qui fut bien vite chassée ; puis elle reprit son chemin, ne murmurant que le mot de « Merci » tandis qu'elle s'éloignait. Elle regagna son ambassade en secret, et dès le matin repartit pour la ville.

Peu de jours s'étaient écoulés depuis son retour, lorsque parut au pied des murailles une immense armée, avec à sa tête trois chevaliers. Tous trois s'avancèrent devant la grande porte, au pied de la tour qui en défendait l'entrée. Là, ils réclamèrent la main de la reine. Du reste ils sauraient bien s'en emparer si d'aventure on la leur refusait.

Voici ce qui leur fut répondu :

– Vils chevaliers, hommes sans honneur, renoncez à un projet que toute sagesse réprouve ! Vous y laisseriez la vie.

Les trois frères ne voulurent pas renoncer, mais s'apprêtèrent à mettre le siège devant la ville. Ce fut alors que se fit entendre au loin le grondement du tonnerre...

Se retournant, les assaillants virent se dessiner sur l'arête d'une colline la silhouette d'un homme, un chevalier qui descendait seul dans la plaine.

Mais était-il bien seul ? Car il semblait que le suivait dans le ciel une tempête, amas confus d'éclairs et de nuées ténébreuses...

Le chevalier s'interposa entre les trois frères et la ville, au pied de la grande tour. Là, il demeura un long moment à contempler les murailles. Il semblait plongé dans une rêverie profonde, sans prêter la moindre attention à ce qui l'entourait.

Les trois frères, surpris par tant d'audace, l'apostrophèrent en ricanant :

– Tu dois être fou, dirent-ils, pour oser nous défier. Ne sais-tu pas qui nous sommes ?

Lui, pour toute réponse, mit pied à terre et d'une tape sur la croupe renvoya son cheval. Les trois frères se rengorgèrent, incrédules, et se gaussèrent de plus belle.

– Allons bon, reprirent-ils, cet homme n'a plus toute sa tête. A-t-il seulement un nom ?

À quoi le chevalier daigna enfin répondre :

– On m'appelait Gautier, le Chevalier Maudit.

Et de toute sa force il frappa la tour.

Aussitôt il se fit entendre un bruit terrible, et sur les assaillants médusés s'effondra tout le pan de muraille : voilà que d'abord il écrasa le comte lui-même, puis les trois chevaliers, enfin toute leur armée.

La princesse depuis son balcon avait vu toute la scène, et pleurait à chaudes larmes : Gautier était mort le premier, il emportait avec lui la prophétie du Chevalier Maudit.

Table des matières

Structures éditoriales du groupe L'Harmattan

L'Harmattan Italie
Via degli Artisti, 15
10124 Torino
harmattan.italia@gmail.com

L'Harmattan Hongrie
Kossuth l. u. 14-16.
1053 Budapest
harmattan@harmattan.hu

L'Harmattan Sénégal
10 VDN en face Mermoz
BP 45034 Dakar-Fann
senharmattan@gmail.com

L'Harmattan Cameroun
TSINGA/FECAFOOT
BP 11486 Yaoundé
inkoukam@gmail.com

L'Harmattan Burkina Faso
Achille Somé – tengnule@hotmail.fr

L'Harmattan Guinée
Almamya, rue KA 028 OKB Agency
BP 3470 Conakry
harmattanguinee@yahoo.fr

L'Harmattan RDC
185, avenue Nyangwe
Commune de Lingwala – Kinshasa
matangilamusadila@yahoo.fr

L'Harmattan Congo
67, boulevard Denis-Sassou-N'Guesso
BP 2874 Brazzaville
harmattan.congo@yahoo.fr

L'Harmattan Mali
ACI 2000 - Immeuble Mgr Jean Marie Cisse
Bureau 10
BP 145 Bamako-Mali
mali@harmattan.fr

L'Harmattan Togo
Djidjole – Lomé
Maison Amela
face EPP BATOME
ddamela@aol.com

L'Harmattan Côte d'Ivoire
Résidence Karl – Cité des Arts
Abidjan-Cocody
03 BP 1588 Abidjan
espace_harmattan.ci@hotmail.fr

Nos librairies en France

Librairie internationale
16, rue des Écoles
75005 Paris
librairie.internationale@harmattan.fr
01 40 46 79 11
www.librairieharmattan.com

Librairie des savoirs
21, rue des Écoles
75005 Paris
librairie.sh@harmattan.fr
01 46 34 13 71
www.librairieharmattansh.com

Librairie Le Lucernaire
53, rue Notre-Dame-des-Champs
75006 Paris
librairie@lucernaire.fr
01 42 22 67 13

Achevé d'imprimer par Corlet Numérique - 14110 Condé-sur-Noireau
N° d'Imprimeur :175071 - Février 2022 - Imprimé en France